Narratori Feltrinelli

NOIR

Maurizio de Giovanni
L'orologiaio di Brest

Prima edizione ne "I Narratori Noir" ottobre 2025

Published by arrangement with The Italian Literary Agency

ISBN 9788807036606

Questo romanzo è un'opera di fantasia, una storia liberamente ispirata, per esigenze narrative, a fatti di cronaca realmente accaduti.

L'orologiaio di Brest

I

Le ruote scivolavano silenziose per le strade deserte.

L'uomo gettò un'occhiata fugace allo specchietto, e intravide la sagoma nera dell'auto che lo seguiva. Tutto normale, rifletté. Nessuno scarto fra la scorta e la sorveglianza.

Sarebbe stato più comodo andare con l'autista, ovvio. Vetri oscurati, una vettura di rappresentanza come tante, che conduceva chissà dove qualcuno d'importante. Niente di più usuale, in quella città. Ma a lui piaceva l'utilitaria vecchio modello, la stessa da decenni, che percorreva sempre e solo il medesimo tragitto.

Ci aveva messo parecchio a scovare il posto. Era stata per certi versi divertente, la ricerca: una priorità assoluta, incastrata a fatica in mezzo a impegni di enorme importanza. Chissà che faccia avrebbero fatto tutti, persino i collaboratori più impassibili, se avessero saputo.

Un posto che doveva essere appartato, altrimenti non avrebbe avuto senso. Fuori dalle rotte comuni, lontano dai centri nevralgici. Poco frequentato, sì, e questo non era difficile, la gente ormai si teneva discosta dalle celebrazioni e anche dalla sostanza. Non che fosse un suo problema; forse alla lunga, alla lunghissima. Ma lui non era eterno.

Almeno, non credeva.

Appena reperito il luogo, aveva chiesto all'assistente di occuparsene. La propensione a essere deciso negli ordini, e l'abitudine dell'altro a non indagare e a non opporre resistenza. Ci andrà con l'autista? No, senza, aveva risposto. Guido io.

Un breve inchino di assenso, poi l'uscita lesta e ovattata dell'assistente, quasi avesse avuto delle rotelle montate sotto le scarpe.

Quanto era passato? Dieci anni? Un conto veloce. Di più. Quattordici, all'incirca.

Svoltò in una traversa. L'auto nera emerse dall'angolo dopo una manciata di secondi.

Scorta. O sorveglianza.

Ne aveva disposte diverse, nel tempo. Scorte che facevano da sorveglianti, assai spesso. Capitava meno il contrario, non erano molte le persone da proteggere a loro insaputa. Erano più i soggetti da sacrificare, in realtà.

I palazzi presero a diradarsi. Le luci erano ancora accese, sebbene cominciasse già a fare giorno prima.

Arrivato a destinazione, parcheggiò con una manovra svelta e precisa nello spazio che gli era riservato. L'auto nera si fermò a un centinaio di metri, ronfante come un grande felino in attesa. Senza particolare interesse, si domandò chi fossero i due agenti a bordo. Magari erano in tre. Continuava a sottovalutare la propria importanza.

Si avviò verso una porta laterale, che si schiuse quando fu a un passo. Non gli era stato necessario rallentare. Un cenno alla donna che aveva aperto, attenta a mantenere la testa bassa. Attraversò un corridoio gelido, rischiarato a malapena da fioche lampadine alle pareti. Salì qualche gradino e sbucò in una stanza dominata da un armadio vetusto e imponente.

Spalancò le ante forate dai tarli. I cardini gemettero. Le palpebre abbassate, aspirò il sentore che si sprigionò. Stoffa, umidità, legno. Detersivo, muffa, resina. Tante componenti, così casuali, così articolate e complesse: eppure rimandavano tutte allo stesso odore che aveva percepito in ogni parte del mondo, col caldo, col freddo, con l'umido e con il secco.

Era il suo odore. Il *loro* odore.

Tolse soprabito e giacca, li appese dentro l'armadio, al gancio fissato a un'anta. Si vestì. Gesti rapidi e precisi.

All'inizio gli era stato proposto un ausilio, com'era naturale. Nessuno aveva rivelato chi fosse e perché stesse lì, ma tutti sapevano e non c'era stato bisogno di chiedere. Gli era bastato abbozzare un diniego, nemmeno un no esplicito. Ed era stato predisposto un itinerario apposito, per lui, in solitudine: la donna che gli aveva aperto, e che gli avrebbe poi richiuso la porta dietro appena uscito, era l'unico essere umano nel quale si sarebbe imbattuto.

Udì la voce dell'antico maestro, quasi gli stesse parlando alle spalle, in quella stanza diaccia di periferia. Vestiti come se andassi incontro alla tua sposa, diceva. Vestiti con l'attesa nel cuore, come se fosse il momento più importante della tua esistenza, e lo è, pure se si ripeterà ogni giorno, più volte al giorno. Vestiti come se fossi felice, anche quando non lo sarai. Perché chi ti aspetta ti vuole felice di incontrarlo.

Una condizione, rifletté, che non aveva mai perso forza. Mai. Per quanto fosse terribile ciò che aveva fatto e dovuto fare, per quanto fosse mostruoso ciò che gli era toccato di vedere, per quanto fosse oscuro ciò che aveva dovuto combattere, non era mai venuto meno il senso di quello che aveva scelto di essere.

Di quello che era.

Non si guardò allo specchio, macchiato di marrone agli angoli. Gli bastò accarezzare il tessuto e tastarne la consistenza. Conosceva a memoria ogni fibra, ogni ricamo, come conosceva a memoria ogni sillaba che avrebbe dovuto pronunciare.

Si avviò. Altri due gradini e un'anticamera, poi l'ambiente vasto.

L'effluvio delle candele, la luce tenue, il tanfo di incenso. Le due file di panche, una dozzina per lato, il corridoio al centro. Un confessionale austero, due statue che si fronteggiavano, fiori freschi. Si chiese con blanda curiosità come sarebbe stato quel posto se non ci fosse andato lui, due volte alla settimana. Se, come in mille altri luoghi del genere, avrebbero prevalso l'incuria, la rassegnazione o l'abbandono. Il parroco, nella sola occasione in cui l'aveva incrociato, gli era parso una brava persona; ma non si poteva dire.

Si accostò all'altare. Una genuflessione, un bacio alla tovaglietta sul piano. Le labbra percepirono il freddo, il profumo di sapone.

Cominciò. E trovò il conforto dei gesti e delle parole, come stesse a casa, insieme a una famiglia invisibile ma della quale avvertì con chiarezza la presenza. Centinaia, migliaia di uomini come lui che avevano usato quegli strumenti, condiviso quei concetti secolari.

Eccomi. Sono qui. Sono di nuovo qui, e ci sono da sempre, e ci sarò per sempre.

Si muoveva secondo quanto gli era stato insegnato e di cui era stato testimone ogni giorno. Pensò alla madre. Pensò ai pochi amori che aveva avuto, che aveva osservato al di là delle sbarre che aveva imposto alla propria esistenza. E pensò, via via che sussurrava in solitudine le formule elaborate in un tempo remoto e imprecisabile, a se stesso. A chi era all'inizio, a chi era diventato; agli eventi accaduti in mezzo.

Non cercò pentimenti, mentre il crescendo di frasi ed espressioni rituali si avvicinava al culmine. Non aveva perso la coscienza della propria funzione, né aveva mai immaginato di essere altro che uno strumento.

Eccola, la parola chiave, che i più giovani, avvezzi alle moderne modalità di azione e di ricerca, avrebbero senz'altro chiamato *password*. Uno strumento.

Ha colpa il coltello di essere affilato? Ha colpa di tagliare il pane, o di affondare nella carne, quale che sia la carne, viva o morta, giovane o decrepita?

Il coltello non ha colpa, e può essere soltanto felice di sé, qualora la mano che lo utilizza sia la più alta e nobile.

Adesso era vicino al motivo per cui percorreva quei chilometri alla fine della notte. Il motivo imperscrutabile agli uomini che nell'auto nera e a motore acceso lo attendevano all'esterno, e alla suora che gli aveva aperto la porta e più tardi gliel'avrebbe richiusa dietro. Il motivo di tale faticosa ricerca, e della felicità segreta condita da un imbarazzo fanciullesco – così distante da come ostentava di essere – che aveva avvertito quando aveva scoperto il posto.

Ciò che sentiva e ciò che sapeva non necessitavano di segni. Non c'era bisogno di materia, e nulla poteva aggiungere l'artificio umano alle sue cognizioni. Ma c'era l'estetica, e c'era la natura. Era bello. E tanto bastava.

Sollevò il calice davanti a sé, stendendo le braccia, mostrandolo alle panche vuote. Il raggio pallido del primo sole penetrò i vetri colorati del rosone sopra il portone serrato. Si fece strada nella navata e colpì il metallo istoriato, facendolo luccicare.

Forse chi aveva costruito quell'antica cappella, piccola e anonima nella grande città delle basiliche e delle chiese, lo aveva progettato così proprio per catturare la luce del mattino. E a lui piaceva pensare di aver recepito la volontà di dare gloria all'universo e a chi lo aveva creato.

Dentro di sé, però, covava un impeto ben riposto e celato, inconfessato e inconfessabile.

E, dopo aver illuminato il calice santo, un qualche fenomeno fisico di rifrazione gli rese le mani rosa, infine rosse.

Un attimo, un baleno. Poi tornarono pallide e affilate come la sua anima. Ma gli occhi in quel lasso sottile avevano visto le cose com'erano, e questo gli serviva per ricordare chi era, e come era diventato ciò che era.

Di lì in poi, tutto sarebbe ridivenuto normale; e nel cuore avrebbe percepito il calore della verità, e il conforto infuso dalla consapevolezza della ragione per cui era al mondo.

Perché soltanto lui e il dio in cui credeva sapevano che le sue mani erano intrise del sangue che aveva versato.

Si inchinò, e sorrise.

II

Da quando era successo il casino, il professor Andrea Malchiodi si era attenuto a un unico, semplice principio: non cambiare. Consuetudini, usanze, tic: non cambiare nulla a meno che non fosse necessario.

Non era facile. Anzi, si poteva sostenere che era difficile. Difficilissimo, davvero. Ma imprescindibile, a suo modo di vedere.

La corsa, per esempio. Dove abitava prima del casino, bastava calzare le scarpe da ginnastica, indossare gli auricolari, scegliere la musica giusta e partire. La strada si snodava piana, si percepiva con chiarezza la distanza, i chilometri si susseguivano uguali. L'orizzonte era nitido, si distinguevano alla perfezione i punti di riferimento, il marciapiede era ampio e uniforme, il fondo oggetto di costante manutenzione perché la strada era fra le più note della città e quindi appariva in ogni servizio televisivo. Si incrociava immancabilmente la stessa gente, a quell'ora del mattino; si potevano regolare gli orologi, tanto era prevedibile ogni incontro. Un mezzo sguardo, un cenno del capo e si andava.

Adesso, dopo il casino, era tutto diverso. Salite, discese, rotatorie. Invasione della via da parte di fruttivendoli e ambulanti, carico e scarico di merci, occhiate in tralice perché lì la priorità era la sopravvivenza, non una futilità come la forma fisica.

Andrea, però, non voleva cambiare. Dunque, se si doveva correre, si correva. Anche saltellando per evitare le cassette e gli espositori, anche deviando perché nel vicolo o si andava o si veniva. Correvo prima, correrò adesso, pensava.

Da ragazzo aveva letto un romanzo che narrava di marinai e di pirati. Era un libro con le figure, uno dei molti che la madre gli proponeva per invogliarlo a leggere, con una morale di fondo dal vago sapore sociopolitico. Nella storia, ricordava adesso mentre provava a imprimere costanza alla corsa, un personaggio diceva al giovane preso a bordo come mozzo che quando il mare è in burrasca bisogna assicurare le vele e gli alberi e riparare in stiva, sperando che la nave non affondi. Perché se c'era una certezza, per quanto riguardava le burrasche, era che passavano.

Questione di tempo.

Ragion per cui, era importante mantenere intatte le abitudini. In attesa che la tempesta passasse.

Ma a lui, al professor Andrea Malchiodi, non sembrava che sarebbe mai passata del tutto. Piuttosto, era convinto che la propria barca ne sarebbe uscita assai malconcia, anzi, sventrata, anzi, ridotta a una trave galleggiante alla quale aggrapparsi. Non che si potesse fare niente, però. Perché, appunto, il casino era successo.

Eccome, se era successo.

Scollinò, girò attorno all'edicola di una madonnina col cuore trafitto da sette spade e attaccò il versante in pendenza.

Il casino, disse fra sé. Era quasi un anno, a conti fatti. Dieci mesi, per la precisione. Come ogni tempesta che si rispetti, era cominciato in sordina, una chiamata del direttore del dipartimento, Malchiodi, per cortesia, vieni da me a fine lezione. No, non è urgente, ma neanche una questione risolvibile in tre minuti. Vieni appena puoi.

Insieme al battito furioso del cuore, nelle orecchie risuonarono le parole. Vedi, Malchiodi, qui all'università in circostanze simili c'è qualcosa di positivo e qualcosa di negativo. Di positivo c'è che le ragazze sono maggiorenni, quindi non si configurano ipotesi di reati penali; di negativo c'è che non ci sono interlocutori terzi con cui tentare una composizione bonaria della faccenda.

Andrea si rese conto di essere sembrato un perfetto idiota. Non capiva a che accidenti si riferisse il direttore. Quell'ipocrita burocrate carrierista, pizzetto bianco, cravatta allentata e maniche della camicia arrotolate per dare l'impressione (falsa) di essere uno che nel lavoro ci metteva impegno, aveva rimarcato in tono miserevole un fatto che lui non comprendeva. E che, senza dubbio, riguardava la busta di carta che picchiettava con noncuranza sul piano della scrivania.

Alla fine gliel'aveva domandato; e il direttore, con un lungo sospiro e uno scuotimento di testa che voleva essere la rappresentazione (falsa) di una personale compassione, aveva cavato un foglio.

Ed era scoppiato il casino.

La sintesi era che tale Esposito Silvia, matricola tale, iscritta al terzo anno della facoltà, affermava di essere stata oggetto di ricatto da parte di un professore che, a fronte di prestazioni sessuali, le aveva promesso l'agevole superamento di un esame. La nefandezza si era consumata nell'ufficio del suddetto professore, dove la studentessa si era recata per ottenere spiegazioni sull'esito negativo della prova. Per la quarta volta.

Andrea ricordava alla perfezione la lieve vertigine che lo aveva colto. Un piccolo mancamento, forse derivante da un repentino afflusso di sangue in una porzione del corpo che non era il cervello. Il primo impulso era stato di ridere, anzi, di sbellicarsi dalle risate. Rammentava questa Esposito, una bionda platinata alla quale non faceva difetto l'autostima; non l'unica a pretendere di passare storia medioevale spulciando un'esecrabile dispensa diffusa sottobanco dagli studenti. Non aveva tenuto la contabilità dei tentativi, ma aveva bene in mente l'atteggiamento languido che lei aveva ostentato quando, in abiti assai succinti, si era presentata nel suo ufficio.

La denuncia era campata in aria, aveva risposto Andrea al direttore. Non c'era stato alcun ricatto, tantomeno lui era tipo da porne in essere.

Gli occhi dell'uomo si erano allargati, in un afflato di piena comprensione (falsa). Ma certo, che credi? Io ne sono sicuro, Malchiodi. Il punto è che la giovane afferma in questa lettera di voler mettere al corrente i giornali. Di sentirsi... aspetta... (e aveva cercato il termine preciso, dopo aver inforcato le lenti) mortificata, come donna e come studentessa. Di non essere stata protetta dall'istituzione, insomma.

Ma io non ho fatto niente di niente, aveva protestato Andrea. E nel dirlo si era reso conto di una cosa assai semplice, che era in realtà la sola, forte premessa del casino: era la sua parola contro quella di lei. Se Esposito Silvia, chioma bionda e push up prorompente, non poteva dimostrare le avance del professore, nemmeno lui poteva dimostrare che *non* si erano verificate. L'indagine interna non avrebbe senz'altro portato a nulla: ma il procedimento stesso sarebbe stato una rovina, e l'epilogo della sua carriera.

Accelerò l'andatura, quasi la velocità potesse cancellare i brutti pensieri.

Il direttore gli aveva detto di rifletterci su, che la vicenda sarebbe rimasta circoscritta alle mura del suo studio. Che andava individuata una soluzione, ma che non si poteva lasciar trascorrere troppo tempo.

In realtà, ad Andrea era parso evidente già la mattina dopo che il bastardo avesse attivato le frequenze di Radio Serva, organo ufficiale di comunicazione dei corridoi universitari. Risatine, sguardi divertiti, commenti a doppio senso. Attendere il termine delle lezioni era stato un calvario.

Era andato di nuovo dal direttore e aveva chiesto, senza mezzi termini, che cosa gli si proponeva. Il vecchio lo aveva fissato con aria paterna (falsa), poi gli aveva detto che secondo lui la vicenda si poteva risolvere con un esteso periodo di malattia. Così l'ingenua fanciulla, una volta curato il trauma, avrebbe superato la prova con un sostituto di Malchiodi (in verità una sostituta, che il bastardo aveva già individuato) e dopo un po', calmatesi le acque, tutto sarebbe rientrato.

Andrea aveva protestato. Lui non aveva fatto niente, e niente doveva pagare. Il vecchio allora era scattato in piedi, saltando dalla sedia perché non toccava terra, e si era accostato alla finestra con le dita grassocce intrecciate dietro il sedere sporgente. Poi si era avvicinato ad Andrea e gli aveva detto: guardati, Malchiodi. Alto, atletico, appena brizzolato sulle tempie, occhi grigi e profondi. Non hai il fisico adatto, per reggere questa cosa. Sembri uno che se vuole una donna se la prende, e se lei gli resiste, be', trova il modo. Se la storia arriva ai giornali, sei fottuto. Ti conviene?

Andrea attaccò l'ultimo tratto del percorso. La rabbia gli attanagliava le gambe, che macinavano metri.

Aveva accettato la soluzione, sottovalutando le conseguenze. Daniela, la moglie, con la quale c'erano già da un pezzo delle incrinature, gli aveva imposto di sloggiare per il bene della figlia: Martina era quasi coetanea della ragazza molestata, e non avrebbe retto alla vergogna. Non esisteva però nessuna ragazza molestata, e Martina era incline alla vergogna come Madre Teresa alla prostituzione, ma il tono era stato perentorio e neppure lui voleva restare con chi, dopo venticinque anni di conoscenza, lo riteneva colpevole di un peccato tanto turpe.

Non se l'era sentita di tornare a vivere nell'abitazione della mamma, sebbene fosse chiusa dacché lei era stata ricoverata in una casa di cura. Aveva paura di quel tempio di ricordi oscuri. Poteva permettersi un piccolo appartamento nel centro storico e l'aveva preso, provando ad attenersi al principio di cambiare il meno possibile. Anche se la tempesta era stata terribile, e non gli sembrava che della barca su cui aveva navigato fosse rimasto molto.

Si fermò a una decina di metri dal portone, le mani sulle ginocchia, per rifiatare. La musica era la solita, rock degli anni ottanta, ma nulla era più come prima.

La sostituta era tuttora salda al suo posto, e lo spazio per entrambi non c'era. La famiglia si era dissolta, e la ricchezza del padre di Daniela non rendeva Andrea indispensabile nemmeno dal punto di vista economico. Persino la consueta giornata con Martina era uno strazio, la figlia non si schiodava dallo schermo del cellulare e mostrava con chiarezza che non vedeva l'ora di scappare.

A quarantatré anni non ancora compiuti, il professor Andrea Malchiodi aveva davanti a sé un panorama immerso nel buio, che non andava molto oltre la doccia che avrebbe fatto di lì a poco.

Nell'ombra, due iridi scure lo scrutavano vigili.

III

Maddalena aspetta l'autobus che è ancora notte.

Conosce bene il popolo di quell'ora. Sono in tanti ad avviarsi verso la capitale. Per lavoro, e pure con un carico di speranze.

Osserva l'ambiente intorno, Maddalena; attenta a non incrociare sguardi. E questo perché è bella.

Bellissima, a dire la verità.

È molto giovane, ma ha un corpo di donna. Forme ubertose, gambe slanciate, andatura felina. Capelli neri raccolti in una coda morbida incorniciano il viso armonico, dando risalto a un'espressione seducente che incanta i maschi e genera ostilità nelle signore.

È bellissima, sì, Maddalena. Ma lei non lo sa, o meglio, si comporta come se non lo fosse. È abituata dacché aveva quattordici anni a sentirsi occhi addosso, a schivare mani che si allungano, a evitare di rimanere da sola.

Alla fermata, sotto una pensilina, è tranquilla; tutti la conoscono e lei conosce tutti. Ed è felice di andare nella grande città, è piena di curiosità e di aspettative.

Maddalena ha vent'anni. Ignora chi sia il padre, e la madre era sempre stata vaga quando le domandava di lui. Ha smesso presto di chiedere, perché la donna ogni volta era sul punto di piangere, e non le piace che la madre diventi triste. Qualcuno a scuola l'aveva presa in giro per l'assenza di un uomo in casa; ma fra i compagni c'erano parecchi figli di emigranti mai ritornati, o di uomini che avevano lasciato la famiglia, e forse meglio Maddalena che non ha un viso da rimpiangere, meglio Maddalena che si è organizzata, meglio Maddalena che ha una mamma che si occupa soltanto di lei e non si è mai cercata un nuovo marito da cui farsi mantenere; e soprattutto che ha rinunciato ad avere altri bambini, nonostante l'età glielo consentisse perché ha avuto Maddalena a diciassette anni, e quindi adesso non ne ha nemmeno quaranta ed è bella anche lei, sebbene un po' sfiorita.

Non che Maddalena non meriti l'investimento. Era stata brava a scuola, aveva persino impartito lezioni private e prestato piccoli servizi presso gente più ricca, e aveva conseguito il diploma nel paese vicino col massimo dei voti.

Studiare per Maddalena non è una fatica, non è un lavoro: è un premio. Per questo dopo il diploma aveva avuto la morte nel cuore, convinta com'era che il suo percorso di apprendimento si sarebbe fermato lì. E invece la madre l'aveva sorpresa con un regalo magnifico, il regalo di un futuro diverso, perché magari rinuncio a mangiare, le aveva detto, ma ti pagherò le tasse e i libri, e pure il pullman per andarci, all'università, fosse l'ultima cosa che faccio.

E aveva serrato le labbra, e se la madre di Maddalena serra le labbra la discussione va terminata, ancora più di quando è lì lì per scoppiare in lacrime.

E adesso sono due anni che Maddalena sale sull'autobus prima dell'alba, mostra l'abbonamento e va nella grande città. Che all'inizio, a essere sinceri, le metteva paura, piena com'è di macchine e di chiasso e di persone che corrono, ma lei è coraggiosa e si è abituata presto, e ha imparato addirittura a gioire per le strade immense della capitale, che ad attraversarne una ci puoi impiegare più di un minuto, e ti puoi incantare a rimirare il fiume "biondo" che scorre sotto i ponti, ed è stupendo pure camminare sotto la pioggia, perché l'odore che si spande dopo è speciale.

Maddalena ce la farà. Perché lo vuole lei; e perché lo vuole la madre. Deve dimostrare, Maddalena, che non serve essere uomini né avere maschi in casa: due donne determinate possono scalare le montagne. Benché, a causa della bellezza, tutti, ma proprio tutti non smettono di domandare se la ragazza si sposerà, se ha un fidanzato.

Ecco, l'amore. L'amore sì che per diverso tempo a Maddalena ha fatto paura.

Se sei così bella, se sei così sola, se devi industriarti così tanto, succede che l'amore è la via più facile, ma anche la più lontana da te. Perché diventare moglie e mamma, trovare un ragazzo al quale non manca la volontà di lavorare o magari il figlio di una famiglia ricca, uno fra i molti esemplari che la fissano dai finestrini delle macchine sportive intenti a fare passerella sul corso del paese, sarebbe ciò che ci si aspetta da Maddalena. Ma non ciò a cui la giovane ambisce, o a cui la madre ambisce per lei.

Non ne hanno mai parlato, ma è sempre stato negli sguardi, nelle carezze. Sta a lei realizzare quello che la madre non ha potuto perché aveva Maddalena. È lei che deve approdare dove l'altra non è approdata, ecco il patto fra loro. Per l'amore c'è tempo.

Ma qualcosa è accaduto. Qualcosa che nessuno poteva presagire. Qualcosa di assai diverso dai programmi, di diverso dai sogni.

Maddalena si stringe nel soprabito leggero, nell'ora che precede l'alba, in una primavera che conserva il sapore delle notti d'inverno.

L'amore non ti avvisa, forse. Non è possibile prevederne l'arrivo, né la partenza. E tu, mamma, all'età che avevi, non sei stata lì a pensare se ti conveniva o no. E non ti conveniva.

Io sarò un'insegnante, ripete fra sé Maddalena, ostinata. E mai dipenderò da qualcuno. Me lo hai insegnato tu, mamma. Ma che donna sarò, se non potrò avere l'amore di chi voglio?

Nella mente le passa un viso. Passano delle rughe attorno agli occhi, e una mano ferma e calda.

È la mia indipendenza a confermarmi che devo avere l'amore che voglio, mamma. Se te ne potessi parlare te ne parlerei, se non fossi certa di conficcarti una lama nel cuore ti racconterei.

E invece non ne posso parlare. A nessuno che mi conosca, a nessuno che possa sapere di me. Non posso farlo, perché chi mi capirebbe?

E non solo per questo. Non solo per questo.

Maddalena, però, avverte forte l'impulso di comunicare. È una ragazza di vent'anni, ed è innamorata. A tenerlo dentro, le sembra di scoppiare.

L'autobus sopraggiunge, le porte si aprono con uno sbuffo d'aria compressa. Maddalena sale e prende posto come sempre accanto a una giovane paffuta dai capelli rossi e i denti sporgenti. Fa la commessa in un negozio del centro, abita in un paese vicino, a una fermata da dove sono adesso.

Bea, si chiama. Ha quattro o cinque anni più di Maddalena. È simpatica, Bea. Sprizza un'allegria contagiosa.

Maddalena si sistema sul sedile. Ha davanti un'altra giornata del suo luminoso futuro.

Può sentirsi felice. Davvero felice.

IV

Sulla piazzetta cadeva una pioggia leggera, che sembrava non dover finire mai.

Il primo pomeriggio era sempre sonnacchioso, nel quartiere. Le botteghe erano chiuse, e in strada c'era pochissimo passaggio. Il caffè – se possibile – era reso ancora più malinconico dalla musica dozzinale che proveniva da una radio sgangherata. Un barbone se ne stava seduto all'esterno a bere birra, indifferente alle gocce gelide che gli inzuppavano i vestiti penetrandogli nelle ossa.

Il proprietario, un tipo dalle lenti spesse e dai capelli biondastri e stopposi, si affacciava di tanto in tanto sulla soglia, asciugandosi le mani nel grembiule impataccato. Dentro, due anziane signore spettegolavano ridanciane davanti a una tisana.

Gli altri tavolini erano occupati da un tizio di mezza età abbigliato in maniera modesta ma dignitosa, intento a leggere un giornale sportivo, e da un ragazzo che compulsava il display dello smartphone. Il tempo pareva cristallizzato in una bolla.

Dalla via principale sbucò un'auto. Procedeva lenta, come a cercare un riferimento, un indirizzo o chissà che. Non era una vettura qualsiasi: stillava importanza e opulenza da ogni centimetro della lamiera punteggiata d'acqua. Sulla faccia del proprietario del caffè affiorò un risolino fugace, quindi l'uomo rientrò nel locale. Il barbone, invece, continuava a scrutare il vuoto, impassibile, la birra in mano.

Un autista in livrea scese dalla macchina e, procedendo sulle punte per scansare le pozzanghere, andò ad aprire la portiera posteriore. Dallo sportello uscì una gamba, poi un'altra, infine un ometto azzimato con quattro peli sulla sommità del cranio. Gli abiti che indossava avevano con ogni probabilità un costo sufficiente a rilevare l'intero locale con annessa attività. Serrava un pacchetto fra le dita.

Fece ingresso nell'esercizio, l'aria smarrita. Il tizio che leggeva il giornale si sporse, lo fissò freddo e si rituffò nella lettura. Le due signore cessarono di ciarlare e lo squadrarono dalla testa ai piedi. Il ragazzo non distolse l'attenzione dal cellulare.

L'ometto si avvicinò al bancone.

"È questo il Café Pierrot?"

Pronunciò quelle parole in un francese dal forte accento inglese. Il proprietario della caffetteria abbozzò una smorfia, diffidente.

"C'è scritto sull'insegna, se non sbaglio... Che cosa le servo?"

L'ometto andò a verificare, stupito di non aver rilevato un dettaglio tanto fondamentale. Poi tornò all'interno e si schiarì la voce.

"Un... vino, direi. Vino."

"Vino? E che vino? Vino e basta non significa niente. Rosso, bianco, rosato; nuovo, vecchio. Sia più preciso."

L'ometto non era avvezzo a interagire con un bottegaio. Fu incerto se chiedere aiuto all'autista, poi agitò la mano, vago.

"Quello che... il migliore che ha, ecco. Il più buono, intendo. Bianco, grazie. Bianco va bene."

L'altro non accennò a girarsi verso il frigo.

"Il migliore, da quale punto di vista? Dipende dai gusti. Io, per esempio, preferisco i vini poco fruttati, ma a lei potrebbero risultare troppo secchi. O intende forse il più caro? Perché noi, gentile signore, siamo un caffè e non un'enoteca, quindi disponiamo di una scelta limitata. Che vino vuole, insomma?"

Una delle signore ridacchiò, e anche da dietro il giornale sportivo emerse un suono rauco che doveva essere una risata soffocata.

L'ometto arrossì fino alla cima dei quattro peli che aveva sulla testa. Era abituato a impartire ordini perentori e a non ammettere repliche, e adesso si trovava in uno squallido caffè della squallida periferia di una città che gli sembrava l'accademia dello squallore, dove un bruto arrogante pretendeva di spiegargli il vino.

Fu lì lì per reagire. Poi guardò il pacchetto che teneva in mano come se lo vedesse per la prima volta. Ostentò cortesia.

"Scelga pure lei, amico mio. Mi va bene tutto. Ho la gola arsa."

Il proprietario della caffetteria considerò se infierire, poi rinunciò e armeggiò nel frigo.

L'ometto si guardò attorno, circospetto.

"Io dovrei... Credo di dovermi rivolgere a lei, almeno così mi hanno indicato. Possiamo conferire in privato?"

Il gestore gli rispose di schiena.

"No. Io non mi posso allontanare, non vede che sono solo? Se ha qualcosa da dire, la dica. Altrimenti può starsene zitto, bersi il vino, alzare i tacchi e raggiungere la sua astronave, là fuori."

L'ometto sussultò, come se fosse stato schiaffeggiato. Fissò ancora il pacchetto, quasi a chiedere aiuto. Trasse un respiro e aspettò che l'altro poggiasse un calice sul bancone.

Prese il bicchiere e bevve, deglutendo con difficoltà.

"Buono."

L'altro annuì, grave.

"Forza, che cosa deve dirmi?"

L'ometto era a disagio. Le signore attendevano, curiose. L'angolo superiore destro del quotidiano sportivo si era ripiegato, lasciando emergere un occhio arrossato al di sopra di una lente. Perfino il ragazzo aveva sollevato lo sguardo dal cellulare.

L'avventore si rassegnò a dover parlare davanti a un uditorio ficcanaso e invadente. Del resto, aveva percorso parecchi chilometri lungo quell'assurda regione, e non poteva certo tornarsene a mani vuote. Anzi, piene.

Mostrò il pacchetto al suo interlocutore.

"Qui dentro c'è l'orologio di mio padre. In verità ne ho un'intera collezione, ma questo lui lo teneva al polso il giorno che... quando è morto, insomma. È un Patek Philippe, un Nautilus. Non si capisce per quale ragione, ma non si riesce a farlo funzionare."

Gli astanti tacevano, quasi stessero ascoltando un'astrusa lingua straniera. L'accento inglese dell'ometto diventò più marcato, con un effetto comico involontario che però non fece ridere nessuno.

"Non le dico quanto ho girato. Nemmeno alla casa madre sono venuti a capo di nulla. Sono stato in posti in Svizzera che sembrano cliniche, da un tale in Serbia che pare un santone. Mi dicono: tutto risolto, invece funziona due giorni e si ferma di nuovo. A qualcuno ho fatto perfino causa, tanto i miei avvocati sono a stipendio e... Mi spiego, sì?"

Nessuno gli confermò che si spiegava. Quindi si infervorò.

"Lo potrei tenere benissimo così, mica mi serve proprio questo orologio, ne ho talmente tanti! Pensi che la mia fidanzata me ne ha regalato uno identico, stesso anno di produzione, con certificato, scatola originale e garanzia, parliamo del '77, non è stato facile da reperire. Ma io non mi voglio rassegnare a rinunciarci, diavolo, è una macchina, si potrà aggiustare, no? Non devo certo rivolgermi a un esorcista, maledizione!"

Il gestore del caffè rimase impassibile. Allora l'ometto proseguì, saltellando nervoso.

"La settimana scorsa, a Londra, ne discutevo con amici a cena. Uno di loro aveva l'aria di deridermi: ma come si permetteva di sbeffeggiarmi alla mia tavola? Invece mi ha preso sottobraccio e mi ha detto: accompagnami un attimo fuori. E pioveva, e io gli ho detto: che sei, scemo? Piove! Ma lui, imperterrito: lo vuoi riparare il tuo dannato orologio? Allora vieni fuori. E io ci sono andato."

"Ci è andato," sussurrò una delle signore.

"Sì, ci è andato," mormorò l'altra.

L'ometto assentì, con vigore.

"E il mio amico mi ha detto di... di questo caffè. Credevo scherzasse, ma mi ha mostrato il suo orologio, uno Zenith El Primero di superba bellezza, e mi ha raccontato che era venuto qui e lo avevano rianimato, che lui ormai si era rassegnato e invece... E allora mi sono deciso: che diamine, ci provo. Quanto costa, costa."

Il proprietario della caffetteria parlò. A voce bassa, ma sembrò un tuono.

"Metta il pacchetto sul bancone e se ne vada. Venga fra una settimana esatta, stessa ora, con duemilacinquecento euro in contanti, e lo troverà nell'identico punto. Lo piglierà e se ne andrà, senza tornare mai più: è la procedura."

L'ometto sbatté le palpebre.

"E... non avrò una ricevuta? È un oggetto di straordinaria importanza per me, al di là del valore intrinseco, e..."

"Nessuna ricevuta. Nessuna garanzia successiva. Nessun incontro con l'orologiaio. Il Nautilus funzionerà senza fermarsi più, e quello è il prezzo."

"Ma... ma... e se non si riuscisse a riparare? La cifra, mi perdoni, è irrisoria, ho pagato dieci volte tanto solo per farlo aprire, mi pare davvero poco!"

"Nessuna ricevuta," disse il tizio da dietro il giornale sportivo.

"Nessuna ricevuta," ripeté il ragazzo con il telefonino.

"Nessuna ricevuta. Prendere o lasciare," sottolinearono in coro le due signore.

L'uomo rimase a bocca aperta. Poi fissò il pacchetto come fosse uno strano animale; lo appoggiò sul bancone con estrema delicatezza e sospirò.

"Una settimana. Speriamo bene."

E uscì, le spalle curve, quasi avesse subìto una grave sconfitta.

Si udì lo sportello chiudersi e la grande automobile ripartire.

Le signore ricominciarono a spettegolare, il ragazzo a smanettare con il cellulare, il tizio girò la pagina del giornale. Il proprietario del caffè pigliò il pacchetto e lo portò al barbone seduto all'esterno, che non aveva smesso di fissare il vuoto.

"I tuoi clienti sono sempre peggio, lo sai, sì?"

Il barbone esibì un ghigno, artigliò l'involucro e se ne andò.

V

Il sole si fece strada in mezzo alle nuvole e inondò appunti, documenti, bozze e fotografie sul ripiano.

Nell'open space che ospitava la redazione del quotidiano "La Città", quasi tutti operavano ormai in digitale; perciò le postazioni separate da divisori verticali avevano sopra peluche, piantine e tazze colorate, mentre il materiale di lavoro ingombrava i desktop dei computer.

La scrivania di Vera Coen faceva però eccezione e c'era un perché, noto a lei e soltanto a un'altra persona fra i presenti.

La donna era assorta nella lettura di un verbale d'interrogatorio risalente a quarant'anni prima. Quarantuno, per l'esattezza.

Non si sarebbe potuto dire che Vera fosse bella. I lineamenti non erano regolari, il naso era aquilino, aveva labbra sottili, si percepiva un lieve strabismo dietro le lenti. E nella chioma scura e disordinata risaltava, proprio sulla fronte, una larga ciocca bianca.

E poi non aveva grande cura di sé: macchie d'inchiostro sulle dita, niente trucco né smalto, look improntato alla praticità più che all'eleganza. Ma non passava inosservata, mai. L'intelligenza acuta, l'ironia e una naturale empatia le procuravano il favore di chi avvicinava. E il fisico, atletico malgrado non praticasse attività sportiva, nelle rare occasioni in cui veniva esibito non mancava di attirare l'attenzione maschile.

Aveva quarant'anni, Vera, quasi come il verbale che stava esaminando per l'ennesima volta, e una passione immensa per la professione giornalistica.

Intuì un movimento dietro di sé, e si affrettò a coprire il documento con la grande foto di una via affollata.

La voce di Emanuela, la direttrice, piovve dall'alto.

"E allora, Vera? Si può avere o no, questo servizio sull'*overtourism*?"

"Sicuro, capo. Dammi ancora un paio d'ore, ho già sentito l'assessore, adesso faccio un passaggio in regione e..."

La direttrice le mise una mano sulla spalla. Aveva un atteggiamento materno, nonostante fosse più giovane di Vera che la trovava insopportabile. Avrebbe preferito che facesse la stronza, quale in realtà era sotto la superficie imbiancata di finta bonomia.

"Tesoro, cosa ti avevo detto in riunione? Non ricordi? Dobbiamo sentire... chi?"

Chi accidenti dobbiamo sentire, porcaccia miseria? Vera fece appello alla memoria di secondo livello, che si attivava quando pensava ai fatti propri mentre la maledetta pontificava.

E la memoria di secondo livello la soccorse.

"Gli intellettuali, certo, come no, dobbiamo sentire gli intellettuali. Stavo appunto considerando di stilare una lista che..."

Emanuela la interruppe, con un sorriso sintetico sulla faccia depositaria di svariate migliaia di euro di chirurgia estetica.

"Dobbiamo sentire gli intellettuali, provando a stimolare un atteggiamento polemico. È facile, quei fessi continuano a cascarci, pur di consegnare alla storia un concetto non banale sarebbero capaci di sostenere che due più due fa 3,14."

Vera finse di ridere alla battuta idiota.

"Ah, ah... sì, ma infatti. Però secondo me si dovrebbe sentire anche la gente comune, per esempio chi è stato sfrattato perché alla scadenza del contratto il padrone di casa ha preferito non rinnovarlo così da poter realizzare un bed & breakfast, giusto per dare voce a..."

L'altra produsse un fastidioso schiocco con la bocca.

"Ecco, lo vedi? Così mi fai arrabbiare, tesoro. E mi dimentico di avere un debole per te, per la tua bravura e per il tuo zelo, e mi viene la tentazione di toglierti il servizio. *Secondo me si dovrebbe*, hai detto? Ti pare giusta, questa cosa?"

Vera intravide un paio d'occhi sgranati mandarle segnali al di là del pannello che la separava dalla scrivania dirimpetto. Ma non era tipo da raccogliere silenti raccomandazioni a tacere.

"Credo che si debba guardare a ogni aspetto della vicenda, capo. Che è complessa, non ci sono solo due punti di vista."

Emanuela aggrottò le ciglia.

"Vera, mia cara. Non devi credere niente, tu. La tua prospettiva non è rilevante, mi spiego? Rispondi, su: chi è la direttrice, e chi è una semplice redattrice? Andiamo, non è difficile."

Vera contò fino a cinque, per non sbottare.

"Sei tu la direttrice, capo."

L'altra approvò, soddisfatta di tanta perspicacia.

"Molto bene. Dunque, niente sfrattati: di quattro sfigati senza reddito costretti a trasferirsi in periferia non importa a nessuno. Importa invece della crescita economica, i nostri lettori vogliono leggere che il futuro è roseo. È questa la foto che hai scelto? Fa' vedere."

Prima che Vera potesse reagire, Emanuela allungò la mano e afferrò l'immagine della via affollata, lasciando scoperti il verbale di quarantuno anni prima, un evidenziatore e la lente d'ingrandimento con cui Vera ci si stava applicando con fervore.

La redattrice si irrigidì; l'impicciona si sarebbe senz'altro soffermata sul documento e gliene avrebbe chiesto conto e ragione.

Dal pannello sopra il quale erano comparsi gli occhi che l'avevano invitata a zittirsi spuntò come per magia una copia del quotidiano, che cadde sulla scrivania di Vera coprendo di nuovo tutto. Emanuela lanciò uno sguardo indagatore sulla pagina e ravvisò l'editoriale ottimista a propria firma.

"Ah, vedo che stai approfondendo i concetti che ho espresso. Ecco cosa mi piace di te, Vera: hai a cuore la linea editoriale. E quindi studi a fondo gli articoli della tua direttrice. Brava! Lo sai che anch'io ho sempre fatto così? Che mi sono sempre uniformata alle indicazioni dei superiori?"

Vera si sforzò di far emergere il massimo del candore.

"Ne sono più che sicura, capo. Più che sicura."

Appena la donna se ne fu tornata nel suo ufficio ancheggiando soddisfatta, l'uomo che occupava la postazione di fronte al tavolo di Vera ebbe uno scatto.

"Tu sei pazza! Una pazza suicida, perdipiù. Ma ti rendi conto del casino che scoppia, se quella scopre che invece di scrivere passi il tempo a studiare carte vecchie di quarant'anni?"

Vera si infastidì.

"Marcello, io ti ringrazio per l'aiuto, sei stato... provvidenziale, sì. Ma te lo ripeto per l'ennesima volta: tu i fatti miei non te li devi fare. Io agisco come meglio ritengo e me ne assumo la responsabilità."

Il collega era un quarantenne sovrappeso dall'aria di norma simpatica e dolce: in quel momento, però, era furibondo.

"E no che non te l'assumi! Ascoltami bene: noi siamo amici e io non voglio che ti licenzino pure qua, hai capito? Sei ossessionata, accidenti a te. Ossessionata!"

Vera controllò l'orologio e si alzò in fretta, riponendo i documenti in una borsa. Inclusa la fotografia della via affollata.

"Non posso risponderti, adesso. Devo andare con urgenza in un posto."

"E dove, si può sapere? E all'articolo sull'*overtourism* quando ci lavori? Ti vuoi proprio far cacciare?"

Vera picchiettò la foto.

"Devo raggiungere questo posto. E se l'arpia ti chiede dove sono, dille... dille che mi ha chiamata l'assessore che vuole integrare l'intervista. Non ti preoccupare: *assessore* è una parola magica. Vedrai che appena la stronza la sente diventa un agnellino. A dopo, Marci. E sta' tranquillo, ché se ti agiti ti viene la gastrite."

VI

Troppe donne, disse fra sé Andrea.

Lo considerò mentre era preda del più banale e ottuso degli stereotipi, chiuso nell'auto ad attendere che la signora che lo precedeva decidesse dove dirigersi, la freccia a sinistra e la sterzata a destra. Chissà di quale paio di scarpe in vetrina si era accorta o di che spesa si era ricordata, tanto da cambiare di colpo direzione.

Va da sé che non si sarebbe mai sognato di esprimere una bestialità simile ad alta voce e in pubblico. Le sue parole sarebbero state di certo travisate. Gli accadimenti recenti gli avevano lasciato una cicatrice profonda, che consisteva nella condizione kafkiana di avere sulla testa uno strisciante capo d'imputazione sociale senza però poter accedere a un processo, e dunque senza potersi difendere.

Gli capitava spesso, ormai, di cogliere attorno a sé riprovazione, ostilità immotivata, negatività latente; e questo nell'impossibilità di urlare le proprie ragioni: non ho fatto niente, maledizione, lo volete capire che quella ragazzina si è soltanto procurata il modo di passare finalmente l'esame?

Ma sarebbe stata una *excusatio non petita*, buona solo a rafforzare il giudizio comune.

Ora, non riusciva a sottrarsi all'orribile convinzione che un maschio non sarebbe stato in grado di ordire la rappresentazione scenica di cui lui era caduto vittima.

Scavallò la vettura a guida femminile, la quale aveva risolto in ultimo per una salomonica sosta in doppia fila. Andrea non protestò, tantomeno si attaccò al clacson. Meglio evitare con cura qualsiasi discussione con l'altro genere, anche per strada.

Troppe donne, sì.

Poi non si poteva dire, per carità. Aveva assistito a un dibattito sul saggio di un collega, in cui il malcapitato aveva espresso un concetto sommario pronunciando appunto la parola "donne". L'interlocutrice era quasi balzata alla gola dell'autore, accusandolo di sintesi improprie e quindi di sessismo strisciante. Avrebbe mai pronunciato il termine "maschi", riferendolo a comportamenti socioculturali? Le donne, caro signore, sono individui, proprio come gli uomini: e non possono costituire una categoria a sé.

Figurarsi se Andrea avesse detto ciò che pensava davvero, e cioè che nella sua vita c'era un numero eccessivo di donne. Ma ne era convinto, e con argomentazioni fondate.

Nell'avvicinarsi alla meta, provò a contarle. La madre, innanzitutto; che era stata il suo universo e che poi aveva fatto ricoverare per via della demenza senile. Andrea la avvertiva ormai come un peso, e rinchiuderla in una casa di cura era stata una scelta obbligata. Ma i rimorsi lo divoravano. Quasi avesse voluto liberarsene; quasi che la condizione in cui versava fosse colpa di lui, di Andrea.

Daniela, la moglie; il malanimo che covava, le ricchezze di famiglia, la capacità unica di farlo sentire un deficiente o – in alternativa ma persino in aggiunta – un delinquente pervertito.

Martina, la figlia ventenne, per la quale era poco più di una suppellettile; quando stava con lei, aveva l'impressione che il tempo fosse regolato da un timer invisibile a scadenza ravvicinata.

La protetta del direttore del dipartimento, una serpe velenosa che pareva commiserarlo ma stava ben attenta a far sì che il professor Malchiodi non rimanesse mai da solo con le studentesse, che nella facoltà erano la maggior parte; per cui Andrea era costretto a lavorare sotto sorveglianza.

E poi l'origine di ogni male: la famigerata Esposito Silvia, universitaria mentitrice e diabolica.

Troppe donne, sì. Perché noi uomini, rifletteva Andrea, siamo scontati e dunque lineari e prevedibili. Uno stronzo, invece, è appunto uno stronzo. Si comporta da stronzo, vive da stronzo, si palesa come uno stronzo. Non ti inganna, non ti frega tentando di apparire qualcos'altro, avvolgendoti nelle spire per stritolarti.

Nel parcheggiare, Andrea si fece l'ennesima promessa: basta donne. Avrebbe votato l'esistenza alla presa di distanza dal genere femminile, inquadrato come tale nel segreto della propria mente, perché se si fosse macchiato della suprema colpa del sessismo sarebbe stato condannato per sempre all'oblio.

Citofonò, constatando l'assoluta precisione dell'orario. Sapeva già che per una risposta avrebbe dovuto aspettare da dieci a trenta minuti. Dipendeva da quello che Martina stava facendo, se si ricordava dell'appuntamento, se non era impegnata in una sessione di comunicazione interpersonale con i suoi imperscrutabili coetanei.

Tornò in auto, rassegnato all'attesa. Osservò la strada affollata ed elegante in cui aveva abitato per quasi due decenni, l'andirivieni costante di pedoni e di veicoli, provò a fiutare invano l'odore del mare vicino. Non si riconobbe più in quel posto avvelenato dai gas di scarico: chissà, magari non tutti i mali vengono per nuocere.

Martina si presentò dopo un quarto d'ora buono: aprì lo sportello e si lasciò cadere sul sedile. Nemmeno lo salutò, limitandosi a un'occhiata di traverso. Sarebbe stata bella, se non avesse cercato in ogni modo di sembrare un maschio; del padre aveva le iridi grigie, di una sfumatura indimenticabile, e i lineamenti armonici. Della madre la risolutezza.

E il carattere infame, commentò Andrea fra sé.

Sospirò, e avviò il motore. L'esperienza gli diceva che sarebbe stato impossibile concordare una qualsiasi meta. Fece appello ai valori più profondi della ragazza.

"Hamburger?"

La figlia grugnì.

Andrea si augurò che fosse una manifestazione di assenso.

VII

Maddalena lo guarda mentre l'uomo si riveste.

Prova un'emozione particolare, difficile da spiegare e da comprendere. Si scontrano sentimenti diversi, opposti, che in lei generano un effetto strano: la totale immobilità.

A vederlo adesso, è tutt'altra persona rispetto al loro primo incontro.

Era seduta in una platea abbastanza nutrita, a una conferenza di politica internazionale sulla condizione di popoli lontani. Concetti non semplici, la cui complessità si appianava sotto le parole di lui come le pieghe di una coperta quando si rigoverna. Ogni tortuosità diveniva ovvia, decifrabile: ma la fascinazione che aveva irretito Maddalena era scaturita da ben altro.

Ci riflette ora che la luce del pomeriggio penetra a lame dalla tapparella abbassata, e gli occhi della mente vengono guidati dal ricordo delle mani. Perché erano state le sue mani a farla innamorare.

Ancora ignorava ciò che avrebbero saputo farle. L'immenso, paradisiaco piacere che le dita leggere, i palmi sensibili le avrebbero donato.

Maddalena invece non si riveste. Lo farà dopo, appena dell'uomo sarà rimasto solo il profumo. Nell'aria, sul suo stesso corpo. A tenerle compagnia, a rendere la nostalgia più dolorosa e struggente.

E dire che non l'avrebbe mai conosciuto, se l'orario dell'evento non fosse stato compatibile con l'ultimo autobus e il ritorno al paese. Del resto, le era già successo di dover rinunciare ad assistere a convegni pubblici per ragioni logistiche, sebbene senza particolare rammarico: le era stato sufficiente il resoconto dei colleghi. È lo studio sui libri a contare, la fatica sulle pagine, sui quaderni zeppi di appunti, così credeva Maddalena. Le parole lasciano il tempo che trovano, si ripeteva.

Erano state proprio le parole, però, a stravolgerle l'esistenza. Dimostrandole che l'amore esiste, ed è una forza rivoluzionaria. Che può mandare a gambe all'aria convinzioni e programmi, e diventare l'unica cosa per la quale valga la pena vivere.

Alla conferenza si era seduta di lato, non lontano dall'ingresso. Così, se tira troppo per le lunghe, posso sgattaiolare inosservata, aveva pensato. Rasente al muro, senza far rumore.

Al contrario, non si era mossa. E le risposte di quell'oratore bellissimo e sensibile alle domande che gli venivano poste avevano sfiorato la pelle di Maddalena come una carezza, un vento lieve.

Al di là delle considerazioni geopolitiche e della freddezza dei dati, lui era stato nei luoghi che descriveva. Aveva sperimentato la sofferenza, aveva tenuto fra le braccia bambini che morivano di fame, di malattia. Donne che partorivano e poi affondavano nella morte, vecchi che vecchi non erano ma sembravano tali già a trent'anni, semplici pedine sulle scacchiere dei capitribù in perenne lotta fra loro, armati da un Occidente privo di scrupoli e di ideali.

A un certo punto, Maddalena si era accorta che l'uomo parlava a lei. La fissava, gesticolava come per attirare la sua attenzione, cercare il suo consenso. Gliel'aveva confermato, quando finita la conferenza si era fatta avanti, spronata da una spinta invisibile.

Non poteva essere altrimenti. Il filo che li univa, la corrente che li attraversava si erano palesati nell'istante esatto in cui avevano avvertito la reciproca presenza.

Adesso che lo osserva di spalle, piegato nel raccogliere la biancheria e i pantaloni, lo vede meglio; e ciò che vede non soltanto non l'allontana, ma le instilla nel cuore una tenerezza bruciante.

I capelli ingrigiti. Le braccia flaccide. I segni delle vertebre lungo la schiena, il bianco lattiginoso di una carnagione mai esposta al sole.

Trentacinque anni. Una differenza enorme, un abisso. Eppure, di quei trentacinque anni Maddalena rimpiange solo di non esserci stata. Di non aver condiviso passioni e dolori, di non aver messo se stessa e il loro amore sul piatto della bilancia.

Glielo aveva chiesto, Maddalena. Poche settimane dopo la conferenza che li aveva fatti incontrare. Se ci fossi stata io, se mi avessi vista, lo avresti fatto lo stesso? Avresti fatto la stessa scelta?

L'aveva accarezzata, e le aveva risposto con una domanda. Lo fa spesso, e anche questo la commuove, le sembra una forma innocente di difesa. Se avessi avuto un padre, le aveva detto, se non avessi dovuto inseguirne l'assenza, ti saresti presa un anziano come me?

Lei era rimasta di stucco: quale anziano? Io ti guardo e ho davanti il mio uomo, non un anziano.

Ora lui si alza, abbottona i calzoni e infila la camicia. Abiti ordinari, anonimi. Chissà dove se li procura, o se qualcuno glieli presta.

Un paio di mesi addietro, mentre Maddalena studiava in gruppo, una collega aveva rivelato di avere una relazione con un tipo sposato. Non aveva usato toni drammatici o sofferenti, ma l'aveva fatto ridendo, e tutti di conseguenza avevano riso.

Tutti. Tranne Maddalena.

La collega aveva raccontato di orari strambi, piccole manie, di corse e di precauzioni. Di posti particolari in cui ritrovarsi, di regali e premure nascoste.

Aveva raccontato anche di quando lei, la collega, aveva goduto nel metterlo in difficoltà; e delle evoluzioni acrobatiche di lui per non esporre al rischio il proprio matrimonio.

Maddalena avrebbe voluto dire: ti invidio, sai? Perché hai una rivale con un nome e un cognome che potresti combattere, se lo volessi. Ti diverti perché per te il tuo compagno conta poco, è una specie di gioco che ti gratifica.

Io invece lotto contro l'oscurità. Contro i sussurri nel buio, contro personaggi ignoti. E contro una convinzione cieca, una missione antica.

A volte lui la fissa, nuda, gli occhi carichi di una frustrazione senza fine. Le dice: tu sei un miracolo. Un miracolo che porta alla dannazione.

Poi le affonda il viso nella pelle, per celarle il pianto. Maddalena immagina di essere per lui una sofferenza, una debolezza invincibile, una specie di vizio; e ne soffre, perché sa che invece potrebbe donargli una nuova felicità. Terrena, imperfetta, ma fortissima.

Gli sussurra: non lo senti, che ti amo? Non senti l'intensità di quello che proviamo? Cosa ci sarebbe di innaturale, di sbagliato in noi due? Ci amiamo. E allora? Ci siamo incontrati, e ci siamo innamorati.

E allora?

Lui tace. Lui, che ha parole per ogni circostanza, che ha soluzioni per ogni garbuglio, tace.

Eppure Maddalena sa di avere potere. Sa che può diventargli indispensabile, con la sua freschezza, la sua bellezza, con la vitalità che gli può regalare.

Nella luce del pomeriggio la ragazza sembra un dipinto rinascimentale, i capelli sciolti sul petto florido che si alza e si abbassa nella regolarità del respiro.

Quanto sei bella, le dice.
Quanto sei bella.
Lei pensa che non vuole vivere senza di lui.
Lo convincerà che è impossibile non stare insieme.
Impossibile.

VIII

Il popolo degli aperitivi serpeggiava nei vicoli della movida, invasi dai personaggi più disparati: anzianotti dai baffoni a manubrio abbigliati da cowboy, giunti a cavallo di Harley-Davidson cromate; trentenni in completo scuro e cravatta allentata, l'aria di chi ha appena finito di gestire le finanze del mondo; cinquantenni lampadati dai complicati riporti; quarantenni palestrati dalle camicie aperte fino al penultimo bottone, per far risaltare il principio di tartaruga allevata sull'addome; filiformi nerd occhialuti; modaioli impenitenti avvolti in capi firmati di bruttezza indicibile.

Non che le donne facessero eccezione, ansiose com'erano di mettere in bella mostra il lavoro di dentisti, armocromisti, personal trainer e chirurghi estetici, in equilibrio su tacchi vertiginosi incompatibili con le irregolarità del manto stradale. Tutti con un calice di bianco in mano, tutti a salutarsi senza avere idea l'uno di chi fosse l'altro, tutti a discutere di futilità a voce spiegata.

A Vera sembrava che fossero animati dal medesimo intento: reperire un partner purchessia, per quella sera, per la notte successiva o addirittura per il resto della vita; una sorta di Tinder in presenza, con più ipocrisia del social e assai meno riservatezza.

Lei non nascondeva un certo disagio. Non solo non faceva ricorso a chirurgie di alcun tipo né a look estremi, ma portava le scarpe da ginnastica e nemmeno si truccava; e il pensiero che qualcuno potesse credere che fosse lì per raccattare compagnia la rendeva incline al malumore.

Marcello, che amava quel quartiere, le aveva inviato la posizione e l'aspettava trionfante per essere riuscito ad arpionare un tavolino all'esterno, e addirittura due seggiole.

Vera si fece largo a gomitate nelle costole, mentre l'amico le indirizzava ampi cenni per segnalare la propria presenza. Si lasciò cadere esausta su una sedia.

"In primis: puoi stare tranquillo, ho scritto il dannato articolo e l'ho mandato via mail. Così l'arpia si godrà il suo pasto e per un po' non romperà le scatole."

Sul viso paffuto di Marcello affiorò una smorfia.

"Quella non si sazia mai, fidati. Te n'eri andata da cinque minuti ed era già lì a chiedere dove fossi. Io ti ho coperta per come eravamo rimasti d'accordo, e quindi tanto per cambiare mi devi un favore."

Vera cercò di richiamare l'attenzione di un cameriere che sembrava non dormire da quattro giorni.

"Ti pago la birra come al solito, dai. Ma per curiosità, lo possiedi un portafogli, tu? Credo di non averti mai visto tirarne fuori uno."

"È il vantaggio di essere sempre a credito, mia cara. Forza, dimmi che altro è successo e perché sei scappata via di corsa. E niente bugie, ché ti sgamo in due secondi."

Marcello era il migliore amico di Vera. Erano finiti nella stessa redazione tre anni e tre direttori prima. Avevano fraternizzato subito, diventando presto inseparabili. Lui si occupava di politica estera, lei di cronaca e costume, con incursioni nella critica teatrale. La loro amicizia si era consolidata in virtù dell'assenza di implicazioni sessuali: Vera usciva da una complicata relazione con un giornalista tedesco, Marcello pareva disinteressato all'argomento. Lei sospettava che fosse gay, magari poco praticante ma di sicuro propenso. Tuttavia, interrogato al riguardo, l'altro negava.

Marcello era l'unico a conoscere le ragioni dell'ossessione di Vera.

Quasi l'unico, in realtà.

"Volevo verificare che il giorno in cui vede la figlia fosse ancora il giovedì. Strano, no? In genere i padri separati si ritagliano il fine settimana per stare con i figli."

"Cioè, mi stai dicendo che sei andata sotto casa dell'ex moglie per vederlo andare a prendere la ragazza e portarla fuori? E che per una fesseria simile mi hai mollato nelle fauci di una direttrice pazza?"

Vera era riuscita a far venire al tavolo il cameriere sonnambulo e a ordinare due birre alla spina.

"Devo approfondire, Marci. Altrimenti corro il rischio di sprecare l'occasione. E dubito che mi capiterà mai una seconda opportunità."

L'uomo si sporse sul tavolino per poterle parlare al riparo da orecchie indiscrete.

"È stalking, te ne rendi conto? È un reato, cacchio. Puoi passare un guaio. Essere una cronista non ti mette al sicuro, anzi: è decisamente un'aggravante. E poi mi spieghi a che ti serve scandagliare la vita di quell'uomo? Trova piuttosto il modo di avvicinarlo e di spiegarti. Con sincerità, senza sotterfugi."

Vera rise, beffarda.

"Bravo. Così mi manda al diavolo e poi sì che non potrò nemmeno accostarlo o mi farà arrestare!"

Marcello si sistemò sullo schienale e bevve una lunga sorsata di birra dal boccale che aveva davanti.

"E va bene, ricapitoliamo. Per vie misteriose che ti ostini a non volermi rivelare, sei venuta a sapere che questo professore universitario, coinvolto in uno scandaletto abortito, potrebbe avere delle informazioni che ti servono. Io comprendo che tu abbia necessità di verificarlo, ma ci sono dei limiti stabiliti dalla legge, ti è chiaro?"

"E secondo te che dovrei fare?"

"Chiedergli un appuntamento, domandargli cortesemente se può darti una mano. Stop."

"Cioè, mi stai dicendo che io, giunta a un bivio cruciale della faccenda su cui sto lavorando da una vita sacrificando tutto, una famiglia, dei figli, e sulla quale ho raccolto l'ultimo respiro di mia madre, io dovrei chiedere *cortesemente* a quell'uomo di darmi una mano. E se non me la vuole dare, be', come non detto, mi scusi tanto per il disturbo."

Marcello sbuffò.

"E che alternative hai? Rapirgli la figlia e ottenere un confronto come riscatto? O rapire lui, legarlo in una cantina isolata e torturarlo? Lo capisci che sei ossessionata da un fatto accaduto quarantuno anni fa? A chi interessa, Vera? A chi?"

"A me, Marcello. Interessa a me. Perché quarantuno anni non sono niente, se la tua vita ha preso una certa piega a causa di ciò che è successo allora. Perché se ti strappano l'esistenza quando ancora non sei nemmeno nata, il sangue non si asciuga. Non si asciuga mai."

"Scusami, tesoro. Io ti capisco. Ma se ti decidessi a dirmi chi è la persona che ti passa il materiale e alimenta la tua ossessione potrei aiutarti meglio. Ti voglio bene, e mi fa rabbia vederti consumare nel risentimento."

"Ma tu mi aiuti già, Marci. Mi aiuti davvero. Impazzirei se non avessi te con cui confidarmi. Dai, ordiniamo un'altra birra; e raccontami quali cazzate scriverai domani, per illudere i poveri lettori che tutto va bene e che viviamo nel migliore dei mondi, secondo la linea editoriale della nostra illuminata direttrice."

IX

La stazione è piena di gente. Chi corre, chi ciondola in attesa di un treno, chi sonnecchia appollaiato su una valigia.

Due poliziotti esercitano la sorveglianza camminando e scambiando chiacchiere. Lanciano sguardi pigri attorno, come se il caos fosse un ordine perfetto, come se la confusione che li circonda fosse controllabile.

Ai margini del piazzale antistante i binari, un uomo giovane, alto e robusto, se ne sta a ridosso del muro, in un cono d'ombra. Ha i capelli lunghi, ma li tiene raccolti dentro un berretto di lana. Spalle larghe, jeans e maglione scuro; piuttosto anonimo, potrebbe mischiarsi alla folla senza risultare evidente, ma preferisce non correre rischi.

Non ha bagaglio. In tasca ha i documenti che gli sono stati forniti, ed è tutto ciò che gli occorre. Non sono intestati a suo nome, ma poco importa. Servono ad arrivare dove deve arrivare, e a far perdere le sue tracce.

Ogni tanto, in maniera quasi compulsiva, toglie l'orologio che ha al polso e lo avvicina agli occhi. Ha una chiusura a scatto e il cinturino metallico. Un vecchio modello, ma in condizioni perfette. Segna sempre l'ora giusta, e l'uomo giovane si affida a lui per stabilire quando raggiungere il vagone sul quale deve salire.

Attende il passaggio dei poliziotti, poi procede nella direzione opposta. È abbastanza tranquillo, la situazione gli appare sicura, non rileva nessuna particolare condizione di pericolo.

Si immerge nella folla, lasciandosi trasportare dal flusso. Un liquido, pensa. Il traffico, la gente, le automobili sono un liquido conservato in un recipiente. Chi si muove all'interno del contenitore è convinto di essere padrone del proprio destino, invece partono tutti dagli stessi posti e si dirigono negli stessi posti.

Malgrado sia abbastanza giovane, l'uomo ha già vissuto esperienze che la maggior parte delle persone non vivrà nell'intera esistenza. Sono fortunate, dice fra sé. Le loro notti non saranno tormentate da immagini ricorrenti; non avranno bisogno di cambiare nome, paese, luoghi; non saranno costrette a guardarsi sempre le spalle, per accertarsi che nessuno le segua.

Questi pendolari, riflette, hanno un viaggio di pochi chilometri da affrontare; rientreranno già stasera, apriranno la porta di casa e si vedranno venire incontro mogli, figli, affetti. O forse no, ma comunque nulla di ciò che gli si parerà di fronte sarà fuori dai canoni.

Io invece, ammesso e non concesso che riesca a sopravvivere, sono condannato a vedere facce mai viste e a udire voci mai udite. Imprigionato in una solitudine della quale non mi libererò mai.

Passa davanti a un'edicola. Rallenta, scorre in fretta la prima pagina di un quotidiano. Nella mente gli torna prepotente un boato, poi la polvere, e il silenzio successivo. Nessuno parla mai del silenzio successivo. Ci si concentra soltanto sul fragore, sulle urla, le invocazioni d'aiuto. Invece dopo l'esplosione c'è un lungo momento di profondo silenzio.

Ogni volta.

Lui lo sa. Perché è stato artefice di un numero imprecisato di deflagrazioni. Quella di cui scrive il giornale, per esempio; anche se le cose non sono andate come viene ipotizzato.

Ma non importa, si ripete l'uomo giovane. Nulla importa. Ha fatto ciò che doveva, e adesso è obbligato a sparire. Proprio come previsto.

Un lavoro pulito, insomma. Quasi scoppia a ridere per l'involontario umorismo. Si trattiene, però. Non si ride da soli in una stazione affollata, si attirerebbe l'attenzione.

Ma come può essere pulito, un lavoro del genere?

Stavolta, perdipiù, è stato diverso dai tanti simili che ha condotto a termine. La sua perizia, la sua esperienza nel settore erano sempre state al servizio di una guerra: il giusto contro l'ingiusto, la libertà contro l'oppressione, il futuro contro la resistenza ottusa di un passato assai duro a morire.

Ma stavolta no.

Stavolta c'era stato tutt'altro motivo ad avallare l'azione, e il motivo era lui stesso. Un atto egoista, senza alcun impulso ideologico.

A testa bassa, gli occhi fissi sul suolo calpestato dai suoi piedi in movimento, l'uomo giovane pensa che non può cercare pretesti, non può allontanare da sé la colpa dell'ultima scelleratezza compiuta.

Certo, i due erano pur sempre appartenenti all'esercito nemico. Non è pietà per loro, quella che prova adesso. Di certo meritavano di finire così. Ma a spingerlo ad agire non era stata l'applicazione della giustizia, ed è questo per lui a fare la differenza.

Secondo l'orologio mancano dieci minuti. Potrebbe già dirigersi al binario, ma se c'è chi lo sorveglia rischierebbe di rendergli nota la meta. Si avvierà all'ultimo momento, e sarà lesto a salire a bordo mentre le porte del vagone si staranno chiudendo.

Incrocia una coppia di preti che vanno nella direzione opposta. Hanno all'incirca la sua età. Non smettono un istante di chiacchierare, come i poliziotti che ha visto transitare poco prima.

Riflette su di loro, sui poliziotti e su se stesso. Cinque uomini più o meno coetanei; ma che radicale, immensa differenza.

I poliziotti stasera abbracceranno le loro famiglie, mentre a lui toccherà darsi alla macchia per l'ennesima volta.

E i due preti? Loro hanno una spiegazione per ogni cosa. La fede li protegge, li salva. E tutti li comprendono, li guardano con affetto. Corrono da loro in cerca di conforto, e lo trovano, e si accontentano. Come se non fossero a portata di occhi ingiustizie, diseguaglianze, infamie, violenze, povertà. Avrebbe voluto strattonare i preti per il braccio e chiedere: dov'è il tuo dio, fratello, mentre i bambini muoiono di fame e i ricchi diventano sempre più ricchi proprio affamandoli?

Ma è un ragionamento che sarebbe stato legittimato a fare fino al giorno prima, quando ogni suo gesto, ogni singolo atto erano ispirati da un ideale di giustizia.

Adesso no.

Adesso è solo un comune assassino.

E deve fuggire.

Si dirige al binario, si affianca a un convoglio in partenza. Il capotreno ha già fischiato.

Va avanti. Tre, quattro carrozze. Accelera il passo, come un normale passeggero in ritardo.

D'un tratto, cambia direzione e sale su un vagone del binario accanto, le cui porte stanno per chiudersi.

È sgusciato dentro appena in tempo. Il treno parte subito.

Una ragazza seduta su una panchina ripiega il giornale su cui appariva assorta e si avvia in fretta.

Ha una telefonata da fare.

X

Andrea Malchiodi era uno che aveva sempre fatto i compiti.

Da ragazzo studiava con pari attenzione sia le materie che gli piacevano sia quelle che non gli andavano giù; anzi, se un argomento gli risultava ostico, ci metteva il doppio dello zelo. Sgomberava la mente dai pregiudizi e analizzava gli elementi con obiettività.

Una caratteristica che si rifletteva nella vita privata, al punto che, quando un impegno non gli dava particolare soddisfazione, lo anticipava anziché ritardarlo, così da togliersi presto il pensiero.

Ragionava su questo, mentre andava a far visita alla madre nella casa di cura. Avrebbe volentieri cancellato quell'obbligo, anche perché era sicuro che la sua presenza non fosse alla donna di alcuna consolazione, intrappolata com'era in un mondo imperscrutabile.

Ma non poteva sottrarsi: era un suo dovere di figlio, tanto più che Flavia non aveva altri parenti né amici. Aveva soltanto lui, benché non lo riconoscesse e addirittura lo confondesse con persone di cui non avrebbe saputo dire il nome.

Perciò, maledicendosi, ogni settimana Andrea si metteva in macchina e percorreva cinquanta chilometri buoni per raggiungere il luogo remoto dove aveva sistemato la madre.

Non era però un brutto posto. La struttura, a gestione privata, aveva un costo elevato che un pensionato ordinario non avrebbe mai potuto sostenere; ma Andrea aveva scoperto che la madre, sebbene non avesse goduto di una vita agiata, aveva da parte una somma piuttosto rilevante.

Ignorava quali origini avesse quel denaro: Flavia era sempre stata avara di informazioni su di sé. Andrea sapeva che, come lui, era figlia unica, con genitori insegnanti che non avevano mai rinunciato a un'esistenza semplice in provincia. E gli aveva pure raccontato poco su chi fosse l'uomo con cui lo aveva messo al mondo: solo che era stato in marina ed era morto all'estero quando lui era molto piccolo. Andrea conservava il ricordo vago di una risata fragorosa, e di un uomo massiccio che lo prendeva in braccio e lo faceva volare sopra la testa, ma non avrebbe saputo dire se si trattava di una fantasia o di una situazione reale rimasta impressa nella sua mente di bambino.

In ogni caso, e qualunque ne fosse la provenienza, quei soldi permettevano di far fronte alla retta della clinica. Andrea si sentiva in pace con la coscienza, perché Flavia aveva una bella stanza singola ed era assistita ventiquattr'ore al giorno da personale preparato.

Il problema, per lui, era fare da spettatore inerte all'inesorabile decadimento della madre.

Rammentava una donna forte, volitiva. Non estroversa né affettuosa, forse; ma abile nel cogliere i pensieri e le aspirazioni del figlio. Andrea non aveva mai avvertito la mancanza della figura paterna: Flavia gli bastava in tutto e per tutto.

Aveva studiato, con profitto e sempre con il sostegno materno. Non gli era mancato nulla: corsi di specializzazione, master, stage in altri paesi. Aveva conosciuto Daniela in un viaggio formativo, e l'aveva sposata. La madre era rimasta nell'appartamento in cui lui era cresciuto, rifiutando ogni offerta di avvicinamento. Stava bene dove stava.

Dopodiché, una decina d'anni addietro, aveva cominciato a infragilirsi. Prima la perdita della memoria a breve termine, poi i disturbi del linguaggio: parole dimenticate, oppure usate fuori contesto. Infine le alterazioni della personalità: scatti d'ira, silenzi ombrosi, pianti improvvisi e scoppi d'allegria irrefrenabile, che ad Andrea facevano più paura degli accessi di rabbia. Ma Flavia non voleva saperne di trasferirsi in posti dove poteva essere curata.

Finché un terribile giorno era sparita. Uscita dall'abitazione per non rientrarvi più. Una vicina aveva avvertito Andrea, e lui aveva lasciato una lezione a metà per andarla a cercare.

L'aveva ritrovata in un caffè, circondata da un manipolo di persone intente a capire chi fosse quella signora disorientata in pantofole e vestaglia. Era a molti chilometri da casa, e Andrea non seppe mai come ci era arrivata.

Aveva tentato di affiancarle alcune badanti, ma Flavia non sopportava la presenza di estranei intorno. Si irritava al punto di avere scatti violenti. Il giorno in cui ne aveva inseguita una brandendo un coltello da cucina, Andrea aveva deciso di farla ricoverare.

La struttura gli era stata consigliata dallo psichiatra che seguiva Flavia, di cui nel tempo era diventato amico. Non avrebbe mai dimenticato gli occhi tristi del medico mentre gli confermava che non c'era altra soluzione, né la vergogna provata nel sentirsi sollevato. La spada di Damocle della chiamata urgente alla lunga avrebbe costituito un ostacolo per la sua carriera: alla luce degli accadimenti recenti, capiva di essersi posto una preoccupazione inutile.

Adesso, mentre attendeva di essere condotto dalla madre, non vedeva già l'ora di andare via. Di liberarsi di quel fardello. Si chiese quanto ancora sarebbe durata.

Seguì l'infermiere lungo un corridoio lindo e silenzioso. La pace in cui era immersa la clinica continuava a impressionarlo, visto che la malattia di Flavia era comune alla maggior parte dei degenti. Malgrado ciò, non si udivano urla disperate, né altri suoni in verità. Chissà se dipendeva dall'isolamento acustico o dai sedativi.

La stanza di Flavia era immersa nella calda luce pomeridiana proveniente da una vetrata che dava sul parco. Il panorama era distensivo: alberi e aiuole curati, viali delimitati da siepi in cui passeggiavano coppie formate da un ricoverato e un operatore sanitario. La madre, con indosso un camice bianco che era la divisa del posto, se ne stava seduta in poltrona e guardava fuori, impassibile.

L'infermiere rassicurò Andrea, cantilenando.

"Oggi siamo proprio tranquilli. Abbiamo preso le medicine e abbiamo fatto una bella colazione."

Il professor Malchiodi resistette alla tentazione di rintuzzare quella fastidiosa prima persona plurale, che non trovava per nulla rassicurante come invece era nelle intenzioni di chi l'aveva usata. Tacque, scrutandolo inespressivo.

L'uomo tossicchiò.

"Se ha bisogno, sono fuori."

Appena furono soli, Andrea sospirò, la madre non si era nemmeno girata per vedere chi fosse entrato. Prese una sedia e si accomodò a un paio di metri. Diede una sbirciata all'orologio, e fissò in una ventina di minuti il limite della permanenza.

"Come stai, mamma? Come va?"

Flavia sorrise, senza distogliere lo sguardo dal parco dietro la vetrata.

"Siamo in guerra, non lo sai? I fascisti devono essere sterminati, non si può trovare un accordo. Non si può."

Andrea non credeva alle proprie orecchie. Flavia non gli rivolgeva la parola da mesi, e da quanto gli riferivano i medici non parlava con nessuno. Mangiava, dormiva, assumeva i farmaci. Basta.

"Che hai detto, mamma? Io non... Sono Andrea, tuo figlio."

La donna si voltò a fissarlo. Si udì lo schiocco delle vertebre del collo. Gli occhi, vigili, sembravano quelli di un tempo.

"Bisogna ammazzarli tutti, non capisci? Tutti. Politici, poliziotti, magistrati. Non saremo mai liberi, finché ce ne sarà uno vivo. E se qualcuno di noi cade, la sua memoria dev'essere onorata."

Tornò a guardare fuori. Non disse più una parola.

Quando andò via, Andrea aveva ancora i brividi.

XI

A un paio di metri di distanza, l'uomo giovane osserva l'altro più anziano e si pone parecchie domande.

Lo fa mentre lavora alla scrivania a ridosso della parete, su cui due telefoni, uno grigio e uno nero, non smettono di emanare il loro discreto ronzio. Lo fa mentre redige disposizioni in triplice copia che muoveranno cose e persone in ogni parte del mondo. Lo fa di sottecchi, mentre le dita agili non cessano di scrivere, aprire faldoni, consultarli, reperire carte, compilarle e riporle in una delle quattro vaschette che tiene di fronte, entrata, uscita, ordini, evidenze.

L'uomo giovane collabora con il più anziano ormai da cinque anni. Sa di essere diventato importante, se non addirittura indispensabile. Sotto il velo della discrezione e dei silenzi partecipi, coltiva un'ambizione smisurata.

Non che basti. In fin dei conti è un assistente, un semplice segretario consapevole dei margini operativi della propria funzione. Il fatto che rivesta tale ruolo già da un lustro costituisce però un primato significativo: chi lo ha preceduto è durato al massimo un anno. Ma lui è intelligente; ha ben presente come comportarsi senza sconfinare.

Il più anziano, invece, è detentore di un potere immenso. Incide su qualsiasi accadimento si verifichi sul pianeta, e il giovane lo sa, perché è dalle sue mani che passano i documenti riservati che transitano in quell'ufficio.

È potente, l'anziano. Potentissimo. E pressoché sconosciuto. Una condizione che all'inizio il giovane viveva con fastidio, frustrazione quasi: come faceva il capo a sopportare che rimanesse ignoto e privo di gratificazioni il peso delle sue decisioni e delle sue strategie?

Al contrario, adesso anche lui gusta a pieno il sapore del vero potere, che sta nel non apparire, nel non figurare mai. E quindi, nel non subire pressioni né ricevere indicazioni di sorta. Se non esisti, nessuno ti manipola.

L'Entità. Così è chiamata la struttura che l'uomo anziano governa, e dove pure il giovane agisce profondendo tutto l'impegno di cui è capace. L'Entità. Non un nome: un sussurro. Un disegno appartenente più al mito che alla realtà, della quale moltissimi, persino in quel minuscolo fazzoletto di nemmeno un chilometro quadrato, negherebbero l'esistenza.

L'Entità. Qualcosa che esiste ma non esiste, che opera da secoli ma che ogni sovrano ha giurato di aver soppresso. L'Entità, che è una struttura di guerra, perché una guerra c'è sempre stata e sempre ci sarà. L'Entità che difende il bene, e che non ha remore a favorire colpi di stato, abbattere ideali e proteggere malviventi perché il bene si realizzi.

Questo si fa in quell'ufficio. Ed è di questo che non si può parlare. A chi glielo chiede, il giovane risponde di essere impiegato in una segreteria che si occupa di opere pie all'estero. E in fondo non mente.

Ma da quattro mesi c'è un problema. Un problema serio. Grave, forse.

Il superiore del giovane non è sereno. L'assistente lo capisce dalle espressioni, dai sospiri, dalla mano che copre di continuo gli occhi. Lo capisce dalle esitazioni, dall'aria distratta. Lo capisce da come si alza e va alla finestra, le braccia conserte, a fissare il vuoto.

E allora il giovane si pone appunto parecchie domande; perché ha il compito non scritto di badare che il suo capo disponga dell'equilibrio e della serenità necessari a prendere le decisioni giuste.

Un paio d'anni addietro, quando equilibrio e serenità non erano in discussione, l'assistente era stato avvicinato da una persona. Lo aveva affiancato all'esterno, mentre procedeva a piedi. Era ancora più anziano del capo ma portava gli stessi vestiti, e dunque ne era un pari grado.

Aveva preso a parlargli con modi melliflui, lasciando intendere in primis di essere al corrente della vera natura del lavoro svolto dal giovane. Poi aveva aggiunto che avrebbe assai gradito un certo zelo nel renderlo edotto di ogni circostanza che poneva in difficoltà il superiore del ragazzo.

Aveva detto proprio così: "in difficoltà". E gli aveva fatto scivolare in mano un biglietto da visita con soltanto un nome e un numero di telefono.

Il nome aveva rivelato molto, al giovane. E comunque, lui non aveva mai notato alcuna *difficoltà*. Nessuna crepa sulla superficie luccicante dello spirito del capo, l'uomo più intelligente e intuitivo che avesse mai incontrato.

Adesso, però, la musica è cambiata. Adesso una difficoltà dev'esserci per forza. E l'assistente continua a giocherellare con quel pezzetto di carta, mentre l'angoscia gli spacca l'anima. Perché la devozione verso chi detiene il comando non può prevalere rispetto alla missione, e la sua missione è l'Entità. La difesa del bene contro il male.

Tuttavia, se optasse per la lealtà e, per non essere troppo diretto, si rivolgesse al superiore offrendogli sostegno qualora ne avesse bisogno, il sottinteso sarebbe chiaro: il giovane si è accorto che c'è un problema, e l'altro potrebbe inquadrarlo come un rischio da eliminare. Gli è già capitato di vederlo all'opera in circostanze simili, tutte risolte con la rimozione immediata degli ostacoli ritenuti pericolosi.

E per lui non finirebbe certo con un semplice esonero o un trasferimento: non si destina a una mansione diversa chi può testimoniare di una debolezza o di una fragilità.

D'altro canto, se saltasse fuori uno scandalo o un qualsiasi evento clamoroso, l'aver fatto il pesce in barile lo esporrebbe al giudizio della schiera a cui afferisce l'uomo di cui conserva il biglietto da visita.

E tu dov'eri? Come mai non te ne sei accorto? Così gli avrebbero detto. Nella migliore delle ipotesi sarebbe stato tacciato di inettitudine. E nella peggiore... Be', alla peggiore il giovane non vuole nemmeno pensare.

Leale al mio maestro, a colui che ha imparato a fidarsi di me, che mi ha spalancato porte inattese? Oppure leale all'Entità, resa zoppa da un governatore che al momento non possiede la debita lucidità?

Mentre formula quei pensieri, in apparenza concentrato sui documenti affastellati sulla scrivania, incapace di decidere, il giovane si rende conto che il capo lo sta scrutando. Un brivido gli percorre la schiena. Ha capito che so. Cosa faccio, ora?

Deglutisce.

"Dica pure, eminenza."

Non un tremito nella voce. Nessuna esitazione. Sono qui. Decidi tu cosa farne di me.

Il superiore seguita a scrutarlo, inespressivo. Il giovane conosce la tecnica e non si scompone, ostentando calma.

E alla fine, all'uomo più anziano succede qualcosa di inimmaginabile.

Gli occhi si riempiono di lacrime. Un muscolo freme sulla mandibola.

"Padre, ho urgenza di confessarmi. Può farmi questo favore?"

XII

Il pensiero della madre aveva perseguitato il professor Malchiodi per due giorni.

E due notti.

Il cuore aveva smesso di martellargli come un tamburo solo dopo il rientro dalla casa di cura. Andrea aveva rievocato la scena decine di volte: gli sembrava di aver assistito a un film dell'orrore, con il protagonista che mostrava i segni di una possessione demoniaca e dava avvio a un incubo che faceva balzare gli spettatori sulla poltrona.

Flavia non gli parlava da mesi, e nelle rare occasioni in cui si era espressa aveva farfugliato frasi smozzicate, senza senso, indirizzate a chissà chi e soprattutto riferite a chissà quando. E rimestando nei ricordi più remoti, Andrea non rinveniva nemmeno un episodio che li aveva visti impegnati a discutere di politica. Forse un commento a una notizia del telegiornale, o qualche lamentela generica sulla situazione economica del paese. Come in ogni famiglia, insomma.

Aveva sempre ritenuto la madre una donna di cultura modesta, figlia della piccola borghesia di provincia, qualunquista di fondo, poco interessata a certi argomenti. Da dove aveva tirato fuori parole tanto secche e violente, tipiche dell'ideologia terrorista degli anni settanta?

Ma non era stato quello – perlomeno *non soltanto* quello – ad aver spaventato a morte Andrea, gettandolo in uno sconforto dal quale non riusciva a riemergere. Piuttosto la voce: dura, limpida. Non una traccia delle esitazioni degli ultimi tempi. E poi gli occhi: sbarrati, rigidi, ad accompagnare enunciazioni di idee sovversive misteriosamente radicate in lei.

Il professore aveva chiesto a un'infermiera se di recente la madre avesse assistito a una proiezione cinematografica o a un documentario, qualcosa che potesse essere rimasto impresso nella superficie della sua mente fragile; ma niente, gli era stato assicurato che per Flavia, come per altri degenti nelle stesse condizioni, non era previsto quel tipo di intrattenimento.

Andrea si accomodò al bar vicino all'università. Si sentiva stritolato dagli eventi. Era un uomo metodico, organizzato: e ora la vita gli si stava sbriciolando davanti, come un edificio in demolizione. Avrebbe trovato uno spuntone a cui appigliarsi? O avrebbe continuato a ciondolare come il superstite di un terremoto, che si aggira senza meta fra le macerie in cerca di frammenti dell'esistenza perduta?

Sorseggiò un caffè, e nell'allontanare la tazzina colse un movimento fra i tavolini esterni. Lo pervase una sensazione di disordine, di fastidio. Come un déjà-vu, ma spiacevole. Come una minaccia.

Con ogni probabilità, se non ci fosse stato l'episodio della clinica avrebbe archiviato in fretta quel disturbo. Ma il pensiero che la demenza della madre potesse essere ereditaria gli faceva così paura che volle soffermarsi.

Riportò l'attenzione sul dehors: una donna seduta a un tavolino si volse rapida dandogli le spalle. Ma il professore era sicuro che prima lo stesse guardando. Perlomeno, che fosse intenta a osservare l'interno del locale.

La donna tornò a girarsi nella sua direzione e subito a dargli di nuovo le spalle. Un istante, ma sufficiente a far capire ad Andrea che aveva puntato proprio lui, ed era anche sicuro di averla già vista in precedenza. Per esempio sotto casa dell'ex moglie, l'ultima volta che era andato a prendere la figlia Martina.

Si alzò e raggiunse a passo di marcia la figura bruna che portava gli occhiali da sole, ridicoli vista la cupezza del clima minaccioso di pioggia. Notò una ciocca bianca in mezzo ai capelli neri.

"È una giornalista, è così?"

Vera Coen era preparata all'eventualità che il professore si accorgesse di lei, e aveva predisposto una serie di risposte rassicuranti. Fu però spiazzata dall'approccio tanto diretto e inatteso. Balbettò.

"Io? Sì, ma... come fa a..."

Andrea tremava dalla rabbia. Quella donna che lo sorvegliava mentre faceva colazione era la summa delle persecuzioni che stava subendo.

"Lo sapevo. La puzza della vostra maleducazione, la ferocia con cui voi cronisti descrivete il mondo, la fissazione meschina di vedere il male dappertutto si percepiscono a chilometri."

"No, no, professore, le assicuro che si sbaglia! Io non sono qui per..."

"Ah, no? Eppure sa che sono un professore, guarda un po'! Ce l'ho forse scritto in fronte? O l'ha intuito dal tono della voce? E per che cosa *non* sarebbe qui, sentiamo. Per la maldicenza, per le bugie?"

Attorno si era formato un uditorio di passanti e avventori del bar. Un paio si davano di gomito, divertiti dallo spettacolo inatteso.

Vera scattò in piedi, nel tentativo di interrompere il flusso inarrestabile delle parole di Andrea.

"Sì, lo ammetto. La conosco, professor Malchiodi. Ma se mi trovo qui non è per..."

"Invece io non la conosco affatto. Né la voglio conoscere, e sa perché? Perché non ho niente da dirle, e lei non ha niente da sapere. Non ho fatto nulla di male. Mai, a nessuno.

Tantomeno a una mia studentessa. La faccenda è finita in una bolla di sapone e io sono stato..."

A Vera spuntarono le lacrime. Le scorsero davanti, rapidi, gli anni di ricerche assillanti, le notti insonni a elaborare congetture su fatti successi quando lei nemmeno era nata, la madre che piangeva in silenzio in cucina, le fotografie nelle cornici in argento, le cerimonie ufficiali, la medaglia in bella mostra in un quadretto del salotto.

Rivide le compagne di scuola sottobraccio ai genitori, e tutti gli amori rovinati dall'ossessione che la tormentava. E ancora la madre sul letto di morte, che le diceva di vivere, di evitare che la disgrazia accaduta guastasse anche la sua, di esistenza.

E adesso, quel povero, piccolo uomo concentrato sulle proprie miserie veniva a dire *a lei* che non voleva essere disturbato; che solo perché giornalista la giudicava una bugiarda pronta a lucrare su un pruriginoso scandaletto universitario.

Trasse un respiro.

"Dal momento che non mi conosce, professore, mi presento. Mi chiamo Vera, Vera Coen. Non nego che i giornalisti risultino spesso invadenti, ma le garantisco che non è il mio caso. Sì, mi capita di venirla a spiare, non lo nascondo. Ma non è per la sciocchezza della studentessa, né per mettere a repentaglio la sua vita che, mi perdoni, è abbastanza piatta e noiosa."

Andrea restò interdetto, le lenti storte, la cravatta allentata. Provò a ricomporsi e a riacquisire un minimo di dignità.

"Resta il fatto che mi segue. Cosa che, per inciso, non credo sia legale. E allora, per favore, prima che vada a denunciarla, mi spieghi per quale motivo lo fa."

Eccolo, il bivio. Il momento che Vera aveva tanto aspettato, e che però la coglieva alla sprovvista malgrado non avesse pensato ad altro.

Prese fiato.

"Io sono qui perché suo padre ha ucciso mio padre, professor Malchiodi."

Ma fu sopraffatta dall'emozione.

Si girò, e scappò via.

XIII

Il barbone, che barbone non era affatto, ci mise appena un giorno ad aggiustare il Patek Philippe Nautilus dell'inglese.

Sebbene non si fosse mosso dall'esterno del caffè, aveva udito comunque le peripezie dell'ometto nel tentativo di far riparare l'orologio, e ne era rimasto disgustato. L'inettitudine era un tratto distintivo delle nuove generazioni.

Gli sembrava di vederle, le schiere boriose di ragazzotti iperspecializzati avvolti in camici bianchi, incapaci di esprimersi senza infarcire ogni frase di vocaboli esotici, buoni soltanto a fare una cosa nonostante i corsi e i master: sostituire i pezzi.

Il barbone non barbone sapeva di appartenere a una specie in via di estinzione: la categoria degli orologiai in grado di ricostruire gli elementi non più reperibili. Nel caso dell'inglese, l'orologio aveva di certo subito un urto, e un frammento della boccola fissata all'ingresso dell'allocazione del pivot era scivolato fino a collocarsi nei paraggi del meccanismo del datario. Era stato quello a causare il blocco ritardato: il povero calendario provava a cambiare il giorno e, non riuscendoci, fermava il segnatempo.

Lui era andato a colpo sicuro, dandosi da fare sul banco fornito di strumentazione avanzatissima che aveva allestito nell'appartamento al piano superiore della caffetteria.

Col proprietario del caffè aveva raggiunto un accordo: la disponibilità di quello spazio dotato di un bagno e di un'altra stanza con un letto, poi birra a volontà e il cinquanta per cento di quanto i possessori di orologi iconici erano disposti a sborsare per la salute delle proprie creature adorate.

Il barbone non barbone sapeva che il gestore gli passava in realtà meno di un terzo di ciò che riscuoteva, ma andava bene così. Gli bastava aver trovato una sfera protetta, giacché la serenità gli era sempre stata preclusa.

Richiudendo la cassa del Nautilus, rifletté sui simboli. L'orologio del quale si stava prendendo cura, per esempio. Era nato in un'epoca in cui gioielli del genere venivano indossati in occasioni importanti: ricevimenti, balli, prime teatrali. Adesso si pretendeva di tenerli al polso durante escursioni, gite in barca, attività sportive. E l'oggetto finiva per rompersi, essendo stato "deportato" in un contesto che non ne prevedeva l'utilizzo.

La nuova progenie di tecnici che aveva avuto sottomano il Patek Philippe dell'inglese si era limitata ad aprirlo, eseguire un intervento sommario e riconsegnarlo, senza porlo sotto osservazione successiva. Generazione di smidollati, egoisti e privi di ideali... Giovani che, di fronte a un mondo che offriva centinaia di motivi per indurre a una rivoluzione, se ne stavano reclusi nel loro universo asfittico senza neanche sognarsi di scendere in piazza. Per molto meno, ai suoi tempi si costituivano eserciti clandestini e si imbracciavano le armi.

Nel pulire con una pezzuola il vetro dell'orologio, il pensiero del barbone che non era un barbone andò alla località che lo ospitava, convinto che gli assomigliasse. In qualche strana maniera, offriva una splendida metafora di ciò che lui stesso era stato.

Una città in fin dei conti anonima. Niente di speciale. Un porto. E una meravigliosa regione attorno, di una bellezza che però non contaminava la grigia area urbana.

L'oceano le portava in dote un'umidità devastante che la rendeva gelida d'inverno e torrida a luglio, da dieci gradi sotto lo zero a trentadue sopra, le ossa che urlavano e i polmoni che si contraevano. Tutto difficile, ma qualcuno lì doveva pur viverci.

All'inizio aveva pensato che fosse il luogo perfetto per far perdere le tracce. Chi mai, se sano di mente, avrebbe scelto di trasferirsi in una città così? Poi aveva imparato ad apprezzarne altri aspetti: il numero di abitanti, non così esiguo da mettere in luce un individuo, non così vasto da disorientare; le belle chiese, l'ottimo vino. E la piazzetta di periferia dove si era ritagliato la propria tana, e dalla quale si muoveva solo se indispensabile.

Il barbone non era un barbone, ma faceva in modo di sembrarlo. Abiti stazzonati, capelli lunghi e grigiastri, barba incolta, scarpe malandate; e il fatto che non aprisse bocca, che pareva non comprendere ciò che gli si diceva, aveva convinto tutti che fosse sordomuto.

Ma sordomuto non era, così come non era un barbone. Voleva soltanto apparire entrambe le cose.

Se avesse parlato, dall'accento si sarebbe inteso da dove proveniva, e questo era da evitare. Peraltro nella vita precedente era stato così balbuziente da fargli risultare penoso ogni dialogo.

Non si perdeva nulla, insomma. Comprendeva la lingua del posto, e poteva scegliere se capire o non capire quanto gli si diceva. Era pure divertente, in certa misura.

Riposto il Nautilus sulla macchina a movimento costante sulla quale lo avrebbe tenuto sotto osservazione per quarantott'ore, aprì le ante di un armadietto piazzato accanto al tavolo da lavoro. Ne trasse una scatola in metallo, che un tempo aveva contenuto dei biscotti da tè. La collocò al centro del banco e restò a osservarla per un po', chiusa com'era.

Se qualcuno avesse assistito alla scena, non avrebbe saputo che pensare. Perché quell'anziano dall'aspetto ursino, semplicemente fissando una vecchia scatola, parve perdere forza, determinazione e perfino salute.

Le spalle si curvarono, le mani si torsero, la testa si piegò di lato come a captare un suono, una musica perduta.

Se qualcuno avesse assistito alla scena, si sarebbe chiesto quali turbamenti dilaniassero quell'uomo. Perché il viso si trasfigurò, le guance irsute si incavarono, le labbra presero a tremare come seguendo il ritmo di un'antica preghiera.

Se qualcuno avesse assistito alla scena, avrebbe immaginato nuvole attraversare quell'anima, correndo in un cielo pieno di vento; e si sarebbe chiesto quale forma e odore avessero i ricordi, perché quando un anziano ha gli occhi pieni di lacrime, di sicuro sta appunto ricordando.

Poi il barbone non barbone sospirò.

E aprì la scatola.

Ne estrasse ingranaggi, pezzi di legno. Scalpelli, giravite, scovolini, coltelli, tutti di dimensioni minuscole. Sembrava impossibile che mani tanto grandi e callose riuscissero a adoperare strumenti così piccoli.

Li dispose in bell'ordine davanti a sé. Compitò una lista muta di oggetti, secondo uno schema mentale chiaro soltanto a lui.

Aggiustare e inventare, rifletté. Che immensa, profonda differenza. Intervenire su qualcosa di già progettato, seguire i disegni di un altro ingegno, immaginare i processi, ripercorrerli, farli propri.

L'orologiaio prese un monocolo, che collocò a destra.

Inventare è assai più difficile. Non hai riferimenti, le strade non sono segnate. Devi tirarle fuori tu dal nulla, devi fabbricare un mondo.

Inventare è un universo nuovo. E quando la tua invenzione è materiale, fisica, è anche un messaggio che rivolgi all'esterno. È una poesia fatta di legno e metallo.

Allungò una mano su un cilindro dorato. Ottone, disse fra sé, mentre i grossi polpastrelli ne percorrevano la superficie. La lega giusta, per la qualità del timbro. Più dell'oro, più dell'argento. Ottone.

L'occhio ingigantito dalla lente saggiò gli scalini scavati nel metallo, seguendone il suono immaginario. Le dita cercarono il coltellino adatto per incidere.

Mancavano tre mesi e mezzo al compleanno, ma l'oggetto avrebbe dovuto percorrere parecchie vie traverse, tanti luoghi di provenienza quanti luoghi d'arrivo, tutti fittizi, tutti studiati per non rendere tracciabile l'autore della spedizione; quindi, in definitiva, non aveva poi molto tempo per concludere l'opera.

Sempre se sei ancora viva, pensò.

Sempre se mi ami ancora, pensò.

Abbassò le palpebre per rinvenire nella memoria la nota successiva, che sarebbe diventata un minuscolo gradino nell'ottone. Le labbra si schiusero, e avvenne qualcosa che avrebbe sorpreso il proprietario del caffè e gli abitanti della piazza periferica non lontana dall'oceano, nella cittadina francese.

Il barbone sordomuto cantò piano una melodia dolcissima.

XIV

Dalla fermata dove, prima dell'alba, sale a bordo Maddalena, l'autobus impiegherà più di un'ora a raggiungere il capolinea nella grande città. Poi la ragazza dovrà proseguire a piedi ancora per trenta minuti, il che può essere fastidioso quando il tempo è brutto, ma se è bello è la più piacevole delle passeggiate: riempie il cuore di gioia.

Maddalena, poi, ultimamente si sente spesso piena di gioia. Ed è convinta che il merito sia dell'amore.

Per carità, non le sfugge la difficoltà della situazione. La normalità è un'altra, certo: un legame con un coetaneo, magari studente anche lui, e come lei nella fase della vita in cui il futuro è una discesa alberata irradiata dal sole. Ma proprio non riesce a immaginarsi altre mani sul proprio corpo, né un'altra voce sussurrarle all'orecchio.

È felice, Maddalena. Perché si ritiene forte nel rapporto col suo innamorato. Fortissima.

Non saprebbe però dirlo a parole. Non saprebbe spiegare come diventano liquidi gli occhi dell'uomo che ama, come gli tremano le dita, come si intenerisce al piacere di lei. Non saprebbe descrivere lo smarrimento dal quale lo avverte pervaso nel vederla nuda, né il dolore fisico che prova al momento di lasciarla.

Se per lui fosse soltanto una questione di sesso, Maddalena lo capirebbe subito. È giovane, ma non stupida. E ha già avuto delle storie, è convinta di conoscere a sufficienza le dinamiche di coppia.

A un certo punto confessa tutto a Bea, la compagna di viaggio paffutella, sull'autobus che conduce l'una all'università e l'altra al lavoro. E glielo confessa perché ha bisogno di parlarne, e il fatto che Bea non appartenga né al suo paese né alla capitale la rende una confidente perfetta.

Mentre presta attenzione al racconto, la ragazza gioca come d'abitudine con le ciocche dei capelli rossi. Secondo Maddalena, è la ragione per cui ha la chioma riccia.

"Io però non sono sicura che tu ti renda davvero conto della cosa. Cioè, voglio dire, hai capito che fa di mestiere, 'sto qua? Al di là dell'età, intendo, che già mi sembra uno scoglio enorme da superare; potrebbe essere tipo tuo nonno, voglio dire. Non incartapecorito, ma sempre un nonno."

"Allora non mi stai a sentire, Bea. Ci sono incontri che azzerano tutto, non lo capisci? E poi chi se ne frega degli anni di differenza! L'importante è essersi incontrati. Perché avremmo potuto non incontrarci mai, ci pensi? E io mi sarei persa il sentimento travolgente che sto vivendo."

Bea non smette di arricciarsi i capelli.

"Guarda, Maddalena, io sono famosa per essere una romanticona, mi prendono in giro perché piango sempre come una fontana... Voglio dire: quando ho visto *Ufficiale e gentiluomo*, i miei amici volevano chiamare l'ambulanza! Ma un minimo di senso pratico ce l'ho. Tu, secondo me, manco per niente, voglio dire."

"Ti prego, non cominciare pure tu con la litania della casa e dei figli. Non la posso reggere."

"Ma no! Voglio dire: mica sono dell'Ottocento. Io dico: una cena, una vacanza, ma mettici pure una bella passeggiata, un paio di negozi in centro, un gelato... La vita a due, voglio dire, è fatta anche di questo, no? Che senso ha, voglio dire, una relazione che se ne resta al chiuso fitto di una stanza?"

L'autobus sbuffa, arranca affrontando una salita. Sono mezzi vecchi come il cucco, è un mistero come riescano a portare a termine ogni viaggio.

Dal finestrino, Maddalena osserva la campagna diventare a mano a mano città. Risponde a Bea, in realtà parla a se stessa.

"Dipende da cosa c'è nella stanza. È come se il mondo vero fosse concentrato lì, e il resto una specie di intervallo. Tempo da riempire nell'attesa, insomma. Non è solo un fatto di sesso, non sono così imbecille; lui sa sempre ciò che bisogna dire, mi fa sentire bellissima e..."

Bea scoppia in una risata fragorosa, mettendo ancora più in evidenza i denti sporgenti.

"Ma tu *sei* bellissima, amica mia. Non lo vedi che nessun uomo ti toglie gli occhi di dosso, perfino qui dentro? Voglio dire, al tuo posto starei con un attore del cinema e sulla copertina di 'Stop'. Tu invece ti butti via, ti annulli nella storia con un tizio che nemmeno puoi nominare. Voglio dire, mi pare proprio uno spreco, ecco."

Maddalena è divertita al pensiero di Bea appesa in edicola, in bella mostra su un periodico scandalistico.

"E allora spiegati meglio. Facciamo finta che io abbia conosciuto un uomo affascinante e fantastico. Un cantante, oppure un calciatore. Uno famoso e additato per strada. Che ci sarebbe di diverso? Sentiamo."

Bea arriccia i capelli e pure le labbra, lasciando nudi i dentoni.

"Ma dai! Vuoi mettere con un attore? Voglio dire, sarebbe stupendo!"

"Sai benissimo che cento volte su cento un tipo così è già impegnato. Moglie, figli... Anzi: una marea di figli e minimo tre ex mogli. Quindi, oltre a essere 'la nuova compagna di', saresti pure una rovinafamiglie."

Bea la fissa a bocca spalancata.

"Non starai mica dicendo che..."

"Sto dicendo che, pur non negando l'assurdità del rapporto che sto vivendo, non è più assurdo di quello che sogni di vivere tu. Per esempio, nel mio caso non ci sono né una moglie né dei figli."

"Ed è pure peggio, se permetti! Una moglie si può lasciare, esiste il divorzio, te l'hanno detto, sì? Questo qui invece chi lascia?"

Per un po' Maddalena resta zitta, pare riflettere.

"Io non lo vorrei differente da com'è. Ha degli ideali alti, altissimi, e... Tu non immagini cosa ha passato, nelle missioni in giro per i continenti. La professione che ha scelto è importante per lui. È parte della persona che è. Sai che errore facciamo sempre, noi donne?"

"No, illuminami tu. Che errore facciamo?"

"Ci innamoriamo di un uomo così com'è. Restiamo affascinate dal suo modo di fare, ci piace per i difetti che ha. Poi, cinque minuti dopo che ci siamo messe con lui, pretendiamo di cambiarlo. E cominciamo proprio dalle cose che prima ci piacevano, magari perché risultano sgradite ad altri, oppure perché all'improvviso ci sembrano andare contro le nostre legittime aspirazioni. Io mi rifiuto di persistere nell'errore."

Bea ostenta ammirazione.

"Adesso prendo un appunto, casomai lo dimenticassi. Per fortuna ci sei tu, voglio dire, che a vent'anni hai capito tutto alla perfezione. Ti sono grata per la lezione. Posso farti una domanda da deficiente quale sono?"

"Dai, spara. Così ti insegno qualche altra cosa."

Bea si fa seria.

"Mi hai raccontato del meraviglioso presente in cui sei immersa, e posso essere d'accordo. Voglio dire, e che cacchio, la vita una se la può pure godere, no? Se tu fai del sesso fantastico, chi sono io per convincerti a rinunciarci? Però ti è chiaro che esiste pure un futuro, o no?"

"Che significa?"

Bea guarda la banchina del capolinea, alla quale l'autobus si sta accostando.

"Significa che sarebbe interessante sapere cosa ne pensa lui, questo tuo gigante dell'umanità, della vita che ti sta togliendo o che ti toglierà. Se lo pone il problema? Perché, per quel poco che so dell'amore, ognuno dovrebbe tener conto dell'altro, dei suoi desideri e delle sue necessità."

I passeggeri cominciano a defluire. Maddalena, invece, non accenna a muoversi.

"Cioè, tu credi che..."

"Io credo che il tuo uomo dovrebbe interrogarsi su cosa ne sarà di te. E se è felice di stare con Maddalena come Maddalena lo è di stare con lui, dovrebbe allargare la stanza fino a farla diventare il mondo intero. E se l'opinione di questa povera scema conta qualcosa, be', voglio dire, allora 'sto vecchio puzzone dovrebbe essere ben contento di passare il resto dell'esistenza con una ragazza come te. E ora fammi scendere, ché se no faccio tardi al lavoro."

XV

Vera arrivò trafelata ai giardinetti.

Non dovette guardarsi attorno a lungo: purtroppo per lei, c'era un indicatore infallibile da seguire per individuare la posizione della persona che doveva incontrare.

Si avvicinò alla panchina, attenta a dove metteva i piedi. Davanti al vecchio che vi era seduto, c'era per terra un quantitativo abnorme di piccioni, intenti a litigarsi il becchime che lui pescava da un cartoccio.

Vera gli si abbandonò accanto, sconsolata.

"Quando te lo leverai 'sto vizio, Bruno? È pure proibito!"

L'altro non distolse lo sguardo dai volatili. Aveva i capelli bianchi tagliati di fresco e una rasatura impeccabile. Indossava un completo dal taglio antiquato, con tanto di cravatta larga dai disegni arabescati.

"Non è proibito, è sconsigliato. Nell'avviso è scritto: 'Si prega di non dare da mangiare ai piccioni'. *Si prega*, non *si comanda*. C'è differenza, cara mia."

Vera, che dei pennuti aveva un autentico terrore, se ne stava rannicchiata sul proprio lato della panchina.

"Ma sono esseri disgustosi, infestati dai parassiti! Mangiano cose schifose, portano malattie... Perché caspita ti ostini a nutrirli?"

"Perché mi piace assistere alla lotta. Guardali: si ammassano sul cibo, non sanno se ce ne sarà dell'altro, quindi si beccano tra loro per conquistare un solo seme. E bada che noi non siamo poi così diversi. Anzi, non lo siamo affatto."

La giornalista sospirò, rassegnata.

Il vecchio cambiò argomento.

"Gliel'hai detto, dunque. Come fosse la cosa più normale del mondo."

Vera tacque. L'altro perciò proseguì.

"E dopo averglielo detto non hai atteso la sua reazione. Non sei rimasta lì a osservarlo, a fronteggiare una sua domanda oppure un insulto, o a vedere se magari sarebbe scappato via. Sei scappata tu, invece."

"Ho avuto paura. Te l'ho scritto subito, no? In fondo non ero preparata. Non credevo che mi notasse. Aspettavo nascosta, lo spiavo da lontano, e..."

L'anziano la fissò. Gli occhi, chiari, alla luce del sole sembravano di ghiaccio.

"Tu non credevi... Tu aspettavi... E che aspettavi, sentiamo?"

Vera reagì, bellicosa.

"Oh, bello! Io non sono mica una sbirra o una delinquente! Non lo so che aspettavo, e comunque non ti devo spiegazioni. Riguarda solo me, e..."

"No, cara. Non riguarda solo te. Non sei l'unica a essere ossessionata da questa storia. E devi qualcosa a qualcuno, invece; e quel qualcuno sono io. O te ne sei dimenticata?"

Il viso della giornalista si infiammò. Il vecchio decise di abbassare i toni.

"Dimmi, piccolina: da quanto tempo ci conosciamo?"

"Che c'entra adesso, Bruno? Non è che..."

"Rispondi, per cortesia. Penso che tu me lo debba."

Vera annuì, sconfitta.

"Ci conosciamo da vent'anni."

"Ventidue, per l'esattezza. Dacché entrasti in quello che era il mio ufficio, per chiedermi se l'investigatore che si era occupato della vicenda di tuo padre ero io. Te lo ricordi, sì?"

Lei assentì.

"E io ti cacciai via, forse? Ti dissi che dovevi rivolgerti a un magistrato, o che era meglio chiamare un avvocato? Ti dissi che il caso era chiuso da oltre vent'anni o che non potevo darti retta?"

"No, Bruno. No. Anzi, fin da subito mi dicesti che..."

"Che quella morte, anzi, quelle morti per me non erano per nulla un caso chiuso. E che ti avrei aiutata a capire che cos'era successo. Eri tanto giovane, ma così determinata... Mi facesti tenerezza. E da allora..."

"Da allora mi hai sempre sostenuta. E io non sono mai venuta meno al patto di tenere segreto il nostro rapporto, non puoi negarlo. Lo sai che ti sono grata di avermi fornito carte ed elementi che mi permettessero di comprendere, non devo certo stare a ripeterlo ogni volta."

Il fragore prodotto dai piccioni che combattevano per il cibo dava a Vera un profondo disagio, così come la piega che aveva preso la conversazione. Bruno era importante per lei, ma la sua attitudine da commissario in pensione le dava sui nervi.

"Hai idea di quanto sia stato difficile risalire a quel nome? Di quanto sia complicato lavorare su cose accadute decenni fa? Ti pare che si possa buttare via tutto soltanto perché tu ti sei vista perduta?"

"Ascolta, Bruno: io non sono una poliziotta. Non sono abituata a pedinare la gente e a spiarla da lontano. Io faccio la giornalista, e quando Malchiodi mi ha messo spalle al muro sono crollata. Non penso proprio che..."

Il vecchio riportò l'attenzione sui piccioni, ai quali gettò un'altra manciata di semi.

"E ti sei scordata perché diamine ci siamo dati il cambio per non perdere neanche un istante della sua giornata?"

Vera scattò, esasperata.

"No che non l'ho scordato! Certo che no. Era importante scoprire se aveva contatti col padre. Ma che avremmo potuto fare un buco nell'acqua lo avevamo considerato, e quindi prima o poi avremmo dovuto parlargli. E io l'ho fatto, proprio come avevamo pianificato. Perciò smettila di scaricare tutto il peso su di me, ti prego!"

L'espressione dell'ex poliziotto si fece triste, come un professore costretto di malavoglia a bocciare un'alunna per quanto poco diligente.

"Ma c'è modo e modo di parlare a una persona, Vera. Mi deludi, ti facevo abbastanza sveglia da capire che prenderlo di petto lo avrebbe portato a chiudersi. Adesso sarà impossibile risalire per suo tramite al padre. Alzerà un muro."

"Forse. Ma siamo sicuri che sarebbe cambiato qualcosa se l'avessimo avvicinato un po' alla volta? Magari gli avremmo permesso di elaborare una strategia, magari si sarebbe organizzato. Adesso invece può fare un passo falso. Il tuo amico tiene sempre sotto controllo il suo telefono, no? Se dovesse chiamare qualcuno che ci interessa, lo sapremmo subito."

Bruno abbassò le palpebre. Per un istante la giornalista ebbe l'impressione che si fosse appisolato.

"Va bene, Vera. Del resto ormai non si può fare altro. Le uova si sono rotte, tanto vale fare una frittata. Vanno cambiati i programmi. Tutto qui."

"Sì. Dobbiamo decidere come muoverci."

Bruno batté le mani, e i piccioni si diedero a una fuga precipitosa accompagnata da rumorosi frulli d'ali.

XVI

Il giovane prete vaga di notte per le strade della capitale. Non ha una meta. Neanche sa da quanto tempo cammina, ormai. Le botteghe hanno da tempo calato le saracinesche e spento le luci, i turisti hanno smesso di andarsene in giro ciarlando chiassosi in ogni lingua, gli ambulanti hanno smantellato le bancarelle.

Il rumore dei passi rimbomba sul selciato, ma lui non lo sente.

Non sente niente.

Perché il giovane prete sta pregando.

Si rifugia nel dialogo con l'Altissimo dacché era bambino. Ogni volta che ha un problema o un'incertezza, piccoli o grandi che siano, risolve parlando con Dio. E adesso si trova davanti al principe dei problemi, alla regina delle incertezze.

Percorre vie secondarie famose per essere insicure, ma non se ne preoccupa. Sono ben altre le insicurezze alle quali deve far fronte. È in gioco il futuro di una struttura secolare, e perfino il suo stesso, ambizioso avvenire.

Ripensa ossessivo a quanto accaduto nel pomeriggio. Al momento in cui, nell'ufficio dove sono stati risolti intrichi complessi e determinati tanti destini, ha appreso un fatto che lo ha sconvolto. In realtà, nulla di più naturale e umano. Nulla di più prevedibile e scontato.

Ripensa all'immenso potere nelle mani del proprio superiore. Ai segreti inconfessabili di cui il capo è depositario, all'incrollabile fiducia che, al pari di altri, il giovane prete ha sempre riposto nella sua fermezza, nella freddezza della sua analisi, nella sua stabilità.

Ripensa alla sorpresa di fronte alla richiesta di confessarsi. Davvero, eminenza? *Io* dovrei confessarla? Così aveva detto, con una voce che era risuonata stridula e infantile.

Un triste cenno di assenso: sì, padre. La prego.

Anni di lavoro fianco a fianco, anni trascorsi a obbedire in silenzio, a eseguire – senza mai eccepire – ordini incomprensibili nelle ragioni e spiegabili perfettamente nelle conseguenze. Anni a essere chiamato soltanto per nome, mai "padre", come invece era accaduto in quel pomeriggio che gli aveva fatto scorgere negli occhi dell'illustre penitente una fragilità mai nemmeno immaginata.

Si erano seduti l'uno di fronte all'altro. I telefoni continuavano a ronzare inascoltati, mentre nell'aria echeggiava la formula ora così incongrua nella stanza di guerra che li proteggeva, una formula così familiare e al tempo stesso estranea: mi perdoni, padre, perché ho peccato.

E il racconto. *Quel* racconto.

Un incontro. Un tarlo all'inizio minuscolo, impercettibile, quasi; infine sempre più grande, invasivo, esclusivo. Un'emozione poi divenuta sentimento, un sentimento divenuto passione, una passione divenuta amore.

Perso per le vie della grande città, il giovane prete rammenta ogni parola. Non era stato un semplice confessore che aveva accolto una disperazione; ma il primo segretario particolare al quale erano state rivelate la fragilità e l'inadeguatezza del governatore dell'Entità, il padrone di mille destini, il motore di cruciali strategie internazionali.

A pensarci adesso, mentre cammina svelto parlando con Dio, le labbra che si muovono frenetiche, guardato come un pazzo dai rari passanti che incrocia, la situazione gli appare ridicola. Raccogliere la disperazione, a un tratto addirittura le lacrime di chi nel segreto aveva disposto uccisioni, rimozioni, rapimenti e perfino colpi di stato, gli è sembrato a dir poco surreale.

Ma la gravità di ciò che, a testa china, gli aveva sussurrato l'anziano capo non gli è sfuggita. Così come non gli sfugge il pericolo che corre ora l'Entità.

A ben rifletterci, quello che ha ascoltato il giovane prete in fondo è il solito peccato. Gli è successo già con i confratelli, accade spesso. Basta poi un richiamo alla forza di volontà, alla funzione positiva del libero arbitrio, l'esortazione a rifugiarsi nella fede, a voltare le spalle all'infrazione del voto. Niente di diverso dall'ordinario, insomma.

Il punto, però, è un altro.

Il punto non è il peccato, non è l'assoluzione.

E sta tutto in tre domande che gli rimbalzano adesso nella mente, di notte, per strada.

Perché sua eminenza ha voluto rivelarmi la condizione in cui si trova? Perché mi ha fatto nome e cognome della ragazza? E soprattutto, perché me l'ha detto in confessione?

Tre domande che lo assillano, e sono il motivo per cui prega ossessivo mentre procede per vie sconosciute. È di fronte a un dilemma per il quale non ha una soluzione. Non ancora, almeno.

Gli è chiaro che, se dovesse seguire con lealtà i principi imposti dal ruolo, dovrebbe riesumare il famigerato biglietto da visita e mettersi in contatto con chi lo aveva affiancato chiedendogli di segnalare eventuali "difficoltà" del superiore.

Ma gli è altrettanto chiaro che quella ammissione di verità custodita dal sacramento della riconciliazione è stata prima di ogni cosa una richiesta di aiuto. Sì, null'altro che una pura richiesta di aiuto.

Il segreto della confessione; una sottile foglia di fico, certo, ma pur sempre un monito al rispetto di precetti sacri e inderogabili. Se sua eminenza gli avesse fatto una confidenza da amico, se gli avesse parlato con il cameratismo derivante da cinque anni di condivisione di segreti, sarebbe stato diverso. In quel caso non avrebbe avuto dubbi, e avrebbe proceduto alla segnalazione.

Il nome e il cognome della ragazza per la quale sua eminenza ha perso la testa non erano un dato necessario, non aggiungevano né toglievano niente alla gravità della situazione. Il capo non si era riferito a lei come a una Circe o a una Messalina, né come a un'avventuriera in cerca di denaro e potere. Anzi, ne aveva parlato con dolore e con tenerezza, come di una vittima della sua passione. Ma anche come di una tentazione, e quindi come di una manifestazione del demonio. Però gliene aveva rivelato l'identità. Per cui adesso l'assistente sa chi è.

Nella testa del giovane mulina però una quarta domanda: perché sua eminenza ha voluto che io, proprio io, sia al corrente di tutto?

Un quesito per il quale è prevista una sola risposta possibile, e la logica gliela suggerisce con chiarezza illuminante. Tanto che il prete si ferma di colpo, quasi l'abbia udita dalla voce stessa di Dio.

Sua eminenza gli ha chiesto aiuto.

Ha paura che la ragazza porti alla luce la loro relazione, che si confidi con qualcuno, che faccia esplodere uno scandalo che lo rovinerebbe. E il giovane prete è l'unica ancora di salvezza.

È lui a tenere i rapporti con gli agenti operativi che mettono in pratica le fredde, terribili strategie dell'Entità.

È lui e soltanto lui a poter addivenire a una conclusione definitiva – e soprattutto pulita – della faccenda. E sarebbe legato al segreto per sempre, perché corresponsabile della soluzione del guaio.

Sebbene annebbiato e con le spalle al muro, il suo superiore ha inquadrato la via d'uscita perfetta.

E ha pure tenuto conto di un fattore, di cui adesso, sotto il cielo stellato della capitale dormiente, il giovane prete ha piena consapevolezza: l'ambizione sfrenata dell'assistente particolare.

Perché dietro la richiesta di aiuto c'era anche l'offerta silente di una ricompensa. Risolvimi questo immenso problema, e io farò di te molto più che il mio braccio destro.

Farò di te il mio successore.

Il giovane si guarda attorno per capire dov'è, poi si gira per tornare indietro.

Deve chiamare subito qualcuno.

XVII

Dev'essere successo qualcosa in me, qualcosa di molto brutto. E dev'essere successo di recente, senza che me ne accorgessi. E forse per mia stessa colpa, chissà.

Mentre spiegava a una ridotta e assonnata platea di ventenni le implicazioni devastanti della rottura tra Federico II di Svevia e papa Gregorio IX, che diedero luogo alla scomunica del primo, il professor Andrea Malchiodi rifletteva sulla devastazione della propria esistenza per come aveva provato a pianificarla. E scavava nella memoria alla ricerca di una sottovalutazione, di una scelta errata che potesse aver causato l'involuzione.

Perché, una volta escluse una congiuntura planetaria e l'apertura della stagione di caccia ai professori di storia medioevale, la sequela di disgrazie capitategli fra capo e collo era difficile da spiegare. Una ragazzina mefistofelica, secondo lui non nuova a mettere in atto strategie diaboliche per prendersi ciò che voleva; una moglie ricca e annoiata che non aveva aspettato altro che l'occasione giusta per separarsi, e che infatti già frequentava il personal trainer anche al di fuori della palestra; una figlia che durante i loro rari incontri non staccava gli occhi dal cellulare, e che quindi con ogni probabilità non lo avrebbe neppure riconosciuto se l'avesse incontrato per strada; una madre afflitta da demenza che, dal nulla, si esprimeva come una guerrigliera boliviana.

E adesso perfino la giornalista ficcanaso che lo pedinava per via del presunto omicidio ai danni del genitore, a sentir lei commesso da suo padre. Avendolo in tutta evidenza scambiato per chissà chi.

Giacché non credeva alle coincidenze, ed essendo studioso di un'epoca storica in cui vigeva la convinzione che un essere supremo determinasse il destino di ciascuno, era portato a immaginare se stesso visto dall'alto da una divinità dotata di uno strano senso dell'umorismo, che spostava i personaggi sulla scacchiera a personale ed esclusivo piacimento.

Concluse la lezione dando la stura all'immediata fuga degli studenti dall'aula. Raccolse gli appunti, li infilò nella cartella e guardò l'orologio.

Era il momento di pranzare. Uno dei riferimenti irrinunciabili nel suo trantran quotidiano. Spostamenti, luoghi, intervalli: la giornata doveva dipanarsi sulla base di rigide cadenze prestabilite. I programmi didattici, la cui ripetitività per parecchi colleghi era fonte di noia e insofferenza, per Malchiodi erano invece motivo di conforto. Guai a toccargli le consuetudini e ogni forma di routine.

Perciò, ecco cosa, in assoluto, stava generando in lui disagio profondo. Più della vicinanza di moglie e figlia, più delle prospettive di carriera, più della bella casa in centro, a mancargli erano le abitudini: strumenti fondamentali ai quali ancorare il mantenimento della salute psicofisica.

Accennò un saluto a bidelli e inservienti che si godevano la pausa nel chiostro dell'antico convento in cui aveva sede l'ateneo, e uscì. Gustò passo dopo passo il breve tragitto verso la trattoria dov'era cliente fedele, ma percepì nell'aria un senso di disordine. Non fu in grado di inquadrarne l'origine, avvertiva soltanto che qualcosa era fuori posto.

Solo una volta arrivato al ristorante comprese da cosa dipendesse.

Se ne stava lì, seduta a un tavolo esterno, nei pressi di quello riservato di solito a Malchiodi. Occhiali da sole, chioma arruffata e ciocca bianca d'ordinanza.

Andrea non avrebbe potuto dire di non aspettarselo, ma che sperava di non vederla più, sì, poteva dirlo. Anzi, poteva urlarlo.

Valutò le alternative. Tirare dritto, per esempio. Oppure accomodarsi comunque, e chiamare la polizia se la giornalista avesse provato a rivolgergli la parola. O ancora, tornarsene indietro e optare per il triste sandwich al gusto di plastica sputato dal distributore dell'università.

Ma sentiva che sarebbe stato inutile. Se la sarebbe trovata davanti chissà quante altre volte. Era di sicuro una malata di mente, e i malati di mente, a evitarli, incrementano l'ossessione.

Decise perciò di affrontarla. Pausa rovinata, certo: ma anche rimozione – che auspicava definitiva – di una delle pietre che bloccavano l'ingranaggio della sua esistenza. Adesso basta, mie care donne intenzionate a rovinarmi la vita: Malchiodi alla riscossa!

Si avvicinò al tavolo. Davanti a sé la giornalista aveva soltanto un bicchiere e una bottiglia d'acqua minerale: a ulteriore dimostrazione che non era lì per gustare le prelibatezze del locale.

La fissò, Vera sostenne lo sguardo dietro le lenti scure.

"Vedo che non demorde dal pedinarmi, dottoressa... Mi scuserei senz'altro per la reazione di ieri, ma credo che debba scusarsi anzitutto lei per la costante invasione della mia privacy."

Vera sorrise. Aveva uno strano modo di farlo: ringiovaniva e si illuminava al tempo stesso.

"L'aspettavo, professore. E no, non mi scuserò, per la semplice ragione che non intendo smettere di starle dietro. Anzi, le dirò che sono contenta che finalmente se ne sia accorto, dopo mesi che mangio qui a pochi metri da lei.

Un'ottima pasta patate e provola, devo dire. Tra le migliori. So che preferisce il ragù, e la genovese il martedì, ma la inviterei ad assaggiarla."

"No, no, per me è un piatto troppo pesante e... Ma che caspita sto dicendo? Cioè, mi ha appena rivelato che mi segue da mesi, e io... Ascolti, non voglio essere sgarbato: semplicemente, si sta sbagliando. Mi ha confuso con qualcun altro. Io sono orfano di padre, in pratica non l'ho mai conosciuto e..."

"No, professore. Non mi sbaglio. Posso chiederle di accomodarsi? Ho un problema di cervicale, e parlare dal basso all'alto lo aggrava in maniera notevole."

Andrea si guardò attorno, come per chiedere aiuto. Poi trasse un respiro e si sedette di fronte alla giornalista.

"Dottoressa, si fidi: è in errore. Neanche voglio sapere perché si sia fatta questa convinzione. Chissà, magari il suo obiettivo è un altro e ha in mente di tentare un ricatto o roba del genere. Ma sul serio, io mio padre non l'ho mai conosciuto. Era in marina, è defunto all'estero, io ero piccolissimo. E mia madre non me ne ha quasi mai parlato, perché c'era assai poco da dire. Quindi, quale che sia la sua rivendicazione, sappia che..."

Vera allungò una mano sul tavolo e la poggiò su quella di Andrea, stringendola. Era calda, asciutta, ferma. Malchiodi fu colto di sorpresa.

"Lo so, professore. Lo so che lei ha questa convinzione. E si fidi lei, se le dico che non tutte le donne che per un motivo o per l'altro la incrociano hanno intenzione di ricattarla. Mi rendo conto che la recente esperienza, diciamo così, è stata traumatica: ma io, avendo capito com'è fatto in virtù della mia... osservazione da lontano, non ho mai avuto dubbi che si trattasse di una montatura."

Andrea restò sbigottito.

"Le chiedo soltanto di darmi ascolto, professore. Poi sceglierà se aiutarmi oppure no, io di certo non la posso costringere, non ho strumenti per farlo. Però posso dirle quello che non sa di suo padre. E glielo dirò raccontandole una storia, alla quale sarà libero di non credere: ma sbaglierebbe."

Il professore sottrasse la mano alla stretta.

"Dottoressa, glielo ripeto: io mio padre non l'ho mai conosciuto, purtroppo. E comunque, di sicuro lui non ha ucciso nessuno. Adesso mi scuserà se..."

"Suo padre ha ucciso il mio, invece. Insisto. E lei lo ha conosciuto eccome, ma non lo può ricordare perché era appunto troppo piccolo quando l'ha visto per l'ultima volta. È stato nel 1984, nella seconda settimana di maggio. E le do un'altra notizia, professore. Con ogni probabilità, suo padre è ancora vivo."

XVIII

Nel silenzio di una cantina umida, un uomo giovane dai capelli lunghi sta preparando qualcosa. Non c'è nulla che non riesca a fare con le mani. Ha sempre avuto questa abilità speciale.

Non ha grande profondità di pensiero, invece, e con le persone tutto gli viene difficile. Comunica male, perché la lingua si inceppa. E più è importante ciò che ha da dire, meno riesce a dirlo.

Le spalle larghe, la chioma scarmigliata, la barba incolta, la postura incurvata incutono timore e diffidenza. Dunque alla gente l'uomo giovane dai capelli lunghi non risulta simpatico. Meglio evitare contatti.

Dategli qualcosa da riparare, oppure da costruire come sta facendo adesso, e lui ci riuscirà. In fretta, e senza bisogno di ricorrere a manuali né di ricevere lezioni.

Lui ci riesce, e basta.

Marco ha ventotto anni, e fa il poliziotto.

Gli piacciono le auto, e quindi, appena è servito uno che facesse da autista, si è offerto. Lo hanno messo sotto esame ed è stato subito selezionato: perciò fa un mestiere che gli piace, non corre il rischio di essere licenziato, non si espone a particolari pericoli e può anche guidare una favolosa macchina potente.

Marco è figlio di contadini del Sud. È abituato alla vita dura della campagna, che comporta la sveglia quando è ancora notte e spezzarsi la schiena nei campi. Essere obbligato a vestirsi a modo e guidare non gli pare nemmeno una fatica, per quanto è magnifico.

Ha pure una moglie, Giulia, una creatura bellissima e innamorata. Con lo stipendio fisso può accendere un mutuo e comprare casa in un quartiere nuovo, dove tutti sono poco meno che trentenni come lui.

L'uomo giovane dai capelli lunghi respira l'aria della cantina e percepisce molti odori diversi.

La muffa, sicuro: si sente sempre, hai voglia a pulire, con l'umidità è fatica sprecata. Del resto, è proprio per via della cantina che l'organizzazione ha preso in affitto quell'appartamento fatiscente nella periferia estrema. Non certo per la vista o per le strade commerciali attorno, che infatti non ci sono.

Stavolta, però, l'uomo giovane dai capelli lunghi non si sta dando da fare per l'organizzazione. Stavolta si sta dando da fare per sé.

Non che sia tormentato da scrupoli di coscienza, beninteso. Per l'organizzazione è un soggetto di fondamentale importanza: è stato perfino chiamato a operare lontano, proprio per la straordinaria abilità manuale. Sono parecchi gli strumenti da predisporre per il lavoro che devono portare a compimento.

L'uomo giovane dai capelli lunghi ricorda una per una le volte che è andato all'estero, presso organizzazioni sorelle. Non ha mai chiesto perché, non ha mai domandato a cosa giovassero i macchinari che approntava; magari glielo avrebbero detto, di solito non vedono l'ora di parlare, di spiegare.

Lui no. A lui basta che le cose funzionino. Per questo è così ricercato, per questo lo vogliono dovunque.

Almeno, così è stato fino a oggi. Con ogni probabilità nessuno lo chiamerà più, perché presto sarà impossibile reperirlo. Messa a posto l'apparecchiatura che sta predisponendo, nessuno ne saprà più niente.

Prende l'orologio nudo, quadrante e meccanismo, e verifica che funzioni. Deve essere in perfetta efficienza.

Tutto dovrà filare liscio. È di capitale importanza.

Il futuro di molti dipende da come agirà ciò che ha per le mani.

Marco è stato destinato al servizio del dottor Contini. Non poteva andargli meglio.

Il dottor Contini ha quattro anni più di Marco. È gentile, simpatico e davvero intelligente. Sa un sacco di cose e gli piace chiacchierare. In più, non ha la patente. Un fatto strano ma utilissimo a Marco, perché gli evita di essere impiegato per altre mansioni essendo necessario agli spostamenti di Contini.

Un giorno gli racconta che da bambino, mentre era in auto con il padre e la madre, avevano travolto un cinghiale che aveva attraversato all'improvviso. La vettura aveva preso a sbandare ed erano andati a sbattere contro il guardrail sul lato opposto della carreggiata, che se nell'altro senso fosse arrivato un camion sarebbero rimasti schiacciati.

Tuttavia, non era stata l'idea di finire spiaccicato sotto un camion a spaventare il piccolo dottor Contini. No: era stato il cinghiale. Sceso dall'auto, si era avvicinato e aveva visto che l'animale stava morendo. Ansimava forte, faceva un verso orribile, Contini glielo descrive così bene che a Marco sembra di averlo davanti.

Ma a terrorizzare davvero il piccolo dottor Contini, al punto di non prendere la patente una volta maggiorenne, era stato il fatto che il cinghiale era una femmina. E che sul ciglio della strada, sul limitare del bosco, c'erano tre cuccioli che guardavano e piangevano.

I cinghiali mica piangono, dotto', dice Marco.

Contini però scuote la testa: piangevano, Marco. Te lo posso garantire. Piangevano, eccome...

L'uomo giovane dai capelli lunghi estrae del materiale da una scatola. È di colore brunastro e ha la consistenza della gelatina. Ne conosce a menadito le proprietà, il quantitativo è più che sufficiente. Così lo trasferisce in un contenitore metallico della capacità necessaria.

I gesti delle grandi mani sono lenti, ma privi di esitazione. Nessun esperto del ramo accetterebbe mai di trattare quella pasta in condizioni simili: ma lui non è come gli altri.

Da un certo punto di vista gode di un privilegio. Meglio sarebbe se non esistessero motivi per costringerlo a fare ciò che sta realizzando. Meglio sarebbe se potesse proseguire l'opera in riservatezza. Meglio sarebbe usare le mani per accarezzare la pelle liscia della donna che ama. Meglio sarebbe guardare crescere suo figlio.

Ma è anche vero che potrebbe finire in galera per il resto della vita. E allora, in ogni caso, niente pelle liscia da accarezzare e niente figlio da guardare crescere, piuttosto carcere duro, torture e l'infamia per le due persone che ama.

Quindi, meglio concentrarsi sul lavoro da ultimare. E niente remore: è riservato a gente che merita quello che avrà. Sta facendo la cosa giusta.

Concentrato al massimo, la punta della lingua che affiora tra le labbra, afferra piano i fili. E li collega uno per uno al minuscolo meccanismo dell'orologio smontato.

Marco oggi non lavora. È domenica, e lui e Giulia si stanno preparando per andare al mare.

Non userà la macchina di servizio, ma la propria vettura: una fantastica Fiat Ritmo che ha comprato usata, ha rimesso a posto e ora funziona meglio di quando era nuova, visto che Marco con i motori è un maestro.

Peraltro la Ritmo ha cinque posti, e un domani andrà bene per la famiglia; perché Marco vuole una famiglia numerosa, e per fortuna Giulia è d'accordo. Ne hanno già parlato, anche se di bambini per il momento non ne sono arrivati.

Se lo potrà permettere, perché ha un posto fisso e tanta voglia di lavorare. E i suoi figli, oltre che andare a zonzo nella Ritmo, dovranno studiare e diventare dei professionisti. Dovranno indossare la cravatta come il dottor Contini, e non spezzarsi la schiena nei campi come il nonno.

Dunque, in quella meravigliosa domenica di maggio in cui porterà Giulia in gita e pure a pranzo fuori, i due sposi continueranno a pianificare il loro futuro. A immaginarsi l'arredo della casa che compreranno e come sistemarci dentro i figli che verranno. E adesso che è stato confermato nel ruolo, le ha pure comprato l'anello che non si è potuto permettere di regalarle quando erano fidanzati, certo non di quelli enormi che si vedono al cinema o in televisione, ma pur sempre un gioiello con un brillante che luccica. E non sta nella pelle, Marco, al pensiero di vederglielo al dito quella domenica.

E poi faranno l'amore nella Ritmo, ché se ribalti i sedili diventa come un bel letto matrimoniale, se si sta attenti alla leva del cambio; e sarà come tornare al tempo del loro fidanzamento, quando avevano solo la macchina per rubare qualche attimo alla vita.

Proprio mentre sta per uscire, però, squilla il telefono. Marco è in dubbio se rispondere, poi si decide.

È il dottor Contini. Anche se è domenica.

Al dottor Contini Marco non può dire di no. Gli secca, perché Giulia dovrà aspettare ancora per l'anello, e lui dovrà rinunciare alla ricompensa sul sedile della Ritmo.

Ma che importa? Ci saranno ancora tante domeniche, per loro.

Il sole di maggio splende alto.

L'uomo giovane dai capelli lunghi prova l'ingranaggio, prima di collegarlo.

Le lancette si muovono, i fili penzolano nel vuoto.

I minuti aspettano i secondi, e la lancetta piccola non indugia. Un giro. Due. Tre.

La gelatina nel contenitore metallico se ne sta buona, inerte. Sembra dormire, in realtà è in attesa.

Dopo quindici giri, dai fili viene fuori una minuscola scintilla.

Bum, dice sottovoce l'uomo giovane dai capelli lunghi.

E pensa al suo bambino.

XIX

Tutto questo tempo a seguirla, professore, per scoprire se c'è qualcosa di nascosto nella sua vita... Qualcosa di rilevante ai fini della mia ricerca, intendo. Lo so, le sembrerà assurdo. Ma non mi sottoporrei mai al suo disprezzo e alla mortificazione di passare per una stalker e una ficcanaso, se non ci fosse dietro una ragione per me così importante.

La più importante, in verità.

Se non ha mai voluto approfondire chi fosse in realtà suo padre, né quanto ci fosse di autentico o di falso in ciò che le hanno raccontato di lui, avrà difficoltà a capirmi. Le chiedo però di provarci. Soltanto finché dura il nostro pranzo, qui, nella trattoria dove mangia ogni giorno.

Immagino che posto più familiare e rassicurante per lei non esista. Perciò ho scelto di parlarle adesso.

Il 13 di maggio del 1984, più o meno alle undici del mattino, ci fu un'esplosione in una cava isolata, non lontano da quella che è conosciuta come "la Città dei papi", circa ottanta chilometri dalla capitale. Era una domenica, e la cava era deserta. La deflagrazione fu abbastanza contenuta, nessuno sentì niente. I resti dell'automobile fatta saltare in aria furono ritrovati l'indomani da due operai, andati lì per smontare un ponteggio.

Nell'automobile c'erano due persone. Un magistrato, Giovanni Contini, un pm della procura del luogo; e il suo autista, un agente scelto della polizia di stato. Si chiamava Marco Coen, ed era mio padre. Aveva ventotto anni.

Mia madre era incinta di me, ma di appena un mese e non se n'era ancora accorta, per cui neanche gliel'aveva potuto dire. Meglio così. Per lui, di sicuro non per me.

Era l'epoca delle stragi, della lotta armata, della politica sommersa. Un pm e un poliziotto, due caduti tra i tanti. Vittime di guerra, in un certo senso.

Eppure, la vicenda era anomala. Primo: Contini si occupava di reati comuni, era giovane e ancora fresco di mestiere. Ho pensato che potesse essersi imbattuto per caso in qualcosa di grosso, ma immagino che ne avrebbe parlato con un superiore, cosa che non risulta abbia fatto.

Secondo: non ci fu alcuna rivendicazione. Nonostante il modus operandi ricorrente e il periodo in cui un magistrato morto era una medaglia al valore per molte organizzazioni paramilitari, nessuno se ne prese il merito. Silenzio assoluto.

Terzo: il luogo e la circostanza dell'attentato. Che ci faceva un pubblico ministero con il suo autista di domenica mattina in una cava isolata? Non una delle indagini che Contini seguiva giustificava la loro presenza lì. Né si può pensare che ci fossero dietro ragioni private, perché era con l'auto di servizio e appunto con l'autista, a cui non ricorreva mai per faccende personali.

Ci fu un'inchiesta, ovvio. Scandagliò tutto lo scandagliabile e durò un tempo infinito. Ma non emerse nulla. Mia madre, che nel frattempo si era ritrovata con me e con una montagna di difficoltà e di ristrettezze da scalare, fu interrogata cento volte. Di una parte dell'investigazione si occupò un commissario, Bruno Terenzi, che ne fu a dir poco ossessionato. Continuò a seguirla anche quando ne fu disposta l'archiviazione per l'assenza di elementi rilevanti, sfruttando posizione e contatti per tentare di far venir fuori qualcosa.

E qualcosa in effetti venne fuori. Ma ci vollero anni.

Nel frattempo io crescevo, e in casa con noi alloggiava un fantasma. Perché mia madre viveva nel culto di mio padre. Era stato il suo primo uomo, e non ne volle mai più un altro. Si rimboccò le maniche e lavorò duro, e i miei nonni e gli zii, gente umile, non mancarono di aiutarla.

Mamma era tormentata dall'idea che si potesse perdere la memoria di mio padre. Me ne parlava ogni giorno, mi raccontava tutto di lui, tic, manie, sogni, aspirazioni.

Crescere con lei significò crescere anche con lui. Avrei dato dieci anni di vita per vederlo appena un istante, per ascoltare la sua voce soltanto un minuto, per un suo abbraccio. C'è il filmino di una mattinata al mare, girato con la cinepresa di un amico, in cui si vede lui che fa il bagno e ride e scherza con mia madre e con la fidanzata dell'amico. Lo avrò visto mille, duemila volte, non lo so.

È stato quindi abbastanza naturale, per me, scegliere un mestiere che mi consentisse di approfondire. Di capire perché un normale ragazzo di ventotto anni, che aveva in animo di trascorrere una domenica fuori con la moglie, fosse finito invece in una cava per saltare in aria insieme a un magistrato.

Non entrai in polizia, no. Io volevo sapere di mio padre e basta, non volevo impegnarmi su altro. Volevo ricostruire ciò che era successo a lui, e incidentalmente al pm. Per cui scelsi di fare la giornalista. Mi occupavo di eventi di ogni tipo, ma in parallelo potevo seguire la mia strada. E ad aiutarmi c'è sempre stato il commissario Terenzi, di cui sono diventata una specie di nipote.

Vedo che si agita, professore. Vuole sapere cosa c'entra Andrea Malchiodi con questa storia. Resterà convinto che sono una pazza, mi rendo conto. Ma le garantisco che se vuole che mi fermi qui, ebbene, lo farò e non mi vedrà mai più. E badi che intendo mantenere la promessa. Le chiedo però di pazientare fino al momento in cui entra in scena lei.

Che ne dice? Solo un po' di pazienza.

Dovrei descriverle ora l'orribile sensazione di veder perdere la memoria di qualcuno. È ciò che è capitato a mio padre. Non aveva soltanto cessato di vivere: piano piano cessò pure di esistere.

Del resto, le vittime degli attentati si moltiplicavano, i mafiosi si aggiunsero ai terroristi e i fatti seppellirono i fatti, con l'attenzione generale che si spostava da una guerra interna all'altra. E in fin dei conti, chi era mio padre? Un semplice autista. Un agente scelto che accompagnava un magistrato, poco più di un pezzo dell'automobile che guidava.

Nessuno di memorabile.

Nessuno da ricordare.

Mia madre si ammalò: cancro al seno. Ho letto il libro di un medico tedesco radiato dall'albo, nel quale si sostiene che ogni tumore deriva da uno specifico trauma subito. Come se il corpo reagisse al dolore facendo proliferare cellule divoranti. Non lo so se è vero, ma sono sicura che tutto quello che è accaduto a mia madre ha avuto origine nella morte di mio padre. Non ho mai visto tanto amore, senza una vita in cui profonderlo.

Le giuro, professore, che mia madre non mi ha mai incoraggiata nella mia ricerca. Mai. Mi parlava di lui, ma senza rabbia e senza covare sentimenti di vendetta. Me ne parlava come se fosse vivo, come se stesse per tornare a casa. Ma negli ultimi giorni, quando se ne stava andando, in uno dei sempre più rari momenti di coscienza concessi dagli antidolorifici, mi disse: vai avanti. Vai avanti. Ti chiami Vera perché sarai tu a trovare la verità.

Non mi aveva mai detto da cosa derivasse il mio nome. Lo seppi in quell'occasione.

Dopo la sua morte, mi gettai nell'indagine con maggiore determinazione. Mi risultava arduo, e arduo lo è ancora adesso, vivere un'esistenza normale. Non sono folle, ma capisco quanto sia difficile vivere con me. Non ho avuto molte storie, ce n'è stata una abbastanza importante, ma alla lunga nessuno riesce a convivere anche con un fantasma. Me ne rendo conto.

D'altra parte non veniva fuori niente. Bruno Terenzi aveva passato al setaccio la scrivania del pm, ma era stato inutile. A Contini lasciavano l'ordinaria amministrazione, e in quegli anni nella provincia della cosiddetta "Città dei papi" non succedeva nulla di particolare.

Avrò letto montagne di verbali fotocopiati di nascosto. Interrogatori a contadini accusati di furto di bestiame, confini di poderi violati, furti d'auto. Non emergeva niente di niente.

Poi, però, successe qualcosa.

E successe all'improvviso.

XX

Il celebrante solleva il calice, e l'assemblea china il capo.

Il sole penetra attraverso i rosoni istoriati e le immagini sacre dipinte sui finestroni. Il silenzio è perfetto, e la risposta all'invocazione è come un coro lirico.

La musica, il canto gregoriano, l'odore di incenso. Decine, centinaia di candele rischiarano ancora di più l'imponente navata, facendo rifulgere quadri, statue, marmi. Otto fedeli per panca, tutti vestiti di scuro, le donne a capo coperto.

Maddalena è arrivata con qualche minuto di anticipo e si è seduta più avanti possibile. Ha visto entrare l'uomo che ama, magnifico nelle vesti talari, concentrato nel rito da officiare. Dietro di lui una decina fra sacerdoti e chierici, ciascuno con un compito specifico, secondo una coreografia millenaria rimasta pressoché uguale nel tempo, simbolo irrinunciabile per miliardi di persone nel mondo.

Maddalena non prova gelosia, nei confronti di Dio. Non le pare possibile che due facce diverse di un amore tanto grande possano essere in contrasto fra loro. È invece affascinata nel vedere le stesse mani che sanno infonderle piacere, lo stesso volto che adora baciare prendere luce fino a trasfigurarsi, divenendo tramite assoluto con il creatore.

Non è molto religiosa, Maddalena. La madre non ha mai frequentato la parrocchia del paese, anche per via della nascita di una figlia al di fuori del matrimonio. Le sembra di udirne la voce: chi non ci vuole, non ci merita. La capisce, e forse ha persino ragione. Ma pur non sentendo fremere alcun fuoco sacro dentro di sé, Maddalena non nega di essere ammaliata da quei contesti in cui la devozione trionfa e un'intera comunità si compatta attorno alla gigantesca figura dell'uomo del quale è innamorata.

Non smette di contemplarlo, Maddalena. Ha scelto un posto in una panca della terza fila, l'ultimo verso la navata laterale. È vestita sobria: abito scuro, calze grigie, scarpe basse. Uno scialle le copre i capelli raccolti in una coda. Non indossa gioielli, la borsa è ordinaria. Nessuna donna risalterebbe fino a essere notata, abbigliata così.

Invece Maddalena si nota, eccome. La statura, le forme toniche e generose, il viso incorniciato dal manto che le orna la testa la fanno spiccare quasi fosse nuda. Gli occhi, quando non sono fissi in estasi sul celebrante, sono rivolti alle mani giunte in grembo e non incrociano mai quelli dei fedeli: sono però gli occhi degli altri, maschi e femmine, a insistere su di lei.

Non dovrebbe essere lì. Maddalena ne è consapevole. Lui non può guardarla, ed è consapevole anche di questo. Perché esiste il rischio oggettivo di essere scorta da qualcuno che magari sa chi è. Bea l'ha messa in guardia: le ha detto che era una povera stupida, una pazza a presentarsi in quel luogo, non aveva nulla da guadagnare a mostrarsi in pubblico, e invece molto da perdere.

E di un'altra cosa Maddalena è consapevole: ad assistere rapita a quel tratto trionfante dell'esistenza di lui non otterrà niente, se non il senso di una dolorosa esclusione. Bea le ha detto che il momento in cui dovrebbe porlo davanti a un'alternativa non è certo quello in cui è stretto nelle braccia del suo dio, bensì l'altro, quello in cui è stretto fra le sue di braccia, subito prima di condurlo nel loro paradiso profano.

Bea – e la giovane trattiene un risolino al pensiero – riconduce sempre tutto al sesso. Ma per Maddalena e per il suo compagno non è così. Lui le aveva raccontato che ai sacerdoti può accadere di restare invischiati nei desideri terreni: è un fatto di corpi e di voglie, è il demonio che tenta, la nostra situazione è ben diversa, le aveva detto mentre Maddalena gli percorreva con le dita le linee del torace standogli accoccolata al fianco.

Il loro, si ripete ora la ragazza, è un ardore autentico e profondo, in perfetto e pieno coinvolgimento con la vastità del creato.

Per questo non ha scrupoli nel rinnegare la promessa di non vederlo al di là delle occasioni che lui stesso determina. Lo fa di rado, adesso sarà forse la terza o la quarta volta; e lo fa soltanto se la mancanza diventa così acuta da ottenebrarle la mente, se le pause imposte dal lavoro dell'amante si allungano a tal punto da spezzarle il respiro. Allora cerca di rendersi più anonima possibile e va dove lui sarà il celebrante ufficiale di una cerimonia solenne, come il grado gerarchico gli impone.

Le basta guardarlo. Le basta seguirne i gesti fluidi, ascoltarne la voce tonante; e sognare gli altri gesti e le altre espressioni di cui le mani e la voce dell'uomo sono capaci.

Mentre uno dei concelebranti recita passi della Bibbia, lui tiene gli occhi fissi davanti a sé, l'espressione assorta. Maddalena è convinta di non aver mai visto niente di più nobile e candido. La lettura peraltro parla di bellezza e di sacralità dei corpi, secondo parole di antichissimi re assai precedenti alla venuta del dio di cui il compagno è così innamorato, sebbene in maniera compatibile con la passione che manifesta per la ragazza.

E a Maddalena impazziscono i palpiti, all'idea di abitare il suo cuore.

Il celebrante si avvicina al pulpito e lei si segna. Lo ascolta leggere il Vangelo, lo osserva baciare il libro santo.

Le serpeggia un brivido lungo la schiena, nel pensare a quelle labbra.

Si domanda se non sia una perversione, farsi venire smanie simili nel luogo e nella circostanza in cui si trova. Se non sia essa stessa una che induce al peccato più che una peccatrice. O peggio, addirittura un tentacolo del demonio.

No, risponde fra sé. Perché al mondo non esiste un sentimento più puro di quello che io provo per lui. E che lui prova per me.

Tutti si siedono. Si siede anche Maddalena, ma con una lieve esitazione; e per una frazione di secondo, resta l'unica persona in piedi. È il momento in cui gli occhi del celebrante scivolano sulla gente, come a cogliere idee per la predica che farà.

E la vede.

Nella sua bellezza, nella sua gioventù, nell'amore immenso che traspare dal viso radioso, l'uomo la vede.

Ed è come un colpo di vento, o una fiammata; come l'onda di un mare in tempesta o uno scroscio di pioggia. Un'emozione intensa e straziante, insostenibile. Abbassa le palpebre, e nessuno potrebbe credere che si stia concentrando su questioni diverse dai concetti che esprimerà.

Quasi nessuno. Perché uno dei concelebranti, un giovane anonimo dalla corporatura esile, segue lo sguardo del sommo officiante e incontra il volto bellissimo della donna che si affretta a sedersi nella panca in terza fila, all'ultimo posto verso la navata laterale.

Il celebrante comincia a parlare, e solo al giovane sottile e alla ragazza in terza fila appare evidente l'incrinatura. Il peso della lesione in petto.

Dolore e rimpianto. Per quello dei due amori a cui dovrà per forza rinunciare.

Entrambi sanno che dovranno fare in modo che l'amore giusto trionfi. Ma su quale sia quello giusto hanno opinioni opposte.

L'unica differenza è che il giovane sottile è ben consapevole di chi sia l'avversario, e di come muoversi per far sì che ogni cosa resti uguale a se stessa.

Il celebrante parla, la voce di colpo indurita seppure colma di sofferenza.

Soltanto il giovane sottile distingue una vena di paura.

Non abbia timore, eminenza.

Ci penso io.

La ragazza in terza fila non vede l'ora di avere quel volto bellissimo di nuovo stretto fra le dita, per poterlo baciare e baciare ancora.

E non sa che non avverrà mai più.

XXI

Rammento bene il giorno in cui accadde. No, il pomeriggio, anzi.

Erano passati quattro anni, e non era emerso nulla.

Quattro anni di silenzio, ci pensa, professore? Però non da quando era successo il fatto, ché da quello ormai gli anni trascorsi erano più di venti. Ma quattro anni da quando Bruno Terenzi e io ci eravamo guardati negli occhi l'ultima volta, smarriti.

Quattro da quando mia madre se n'era andata, raccomandandomi di resistere, di onorare il cognome e anche il nome che portavo.

Non me l'ero sentita di rimettere mano a tutto. Non avevo proprio intenzione di lasciarmi ogni cosa alle spalle. Perché vede, professore, nel mio caso non si tratta di un singolo evento da superare, di una perdita da metabolizzare. Questo sarebbe possibile solo se fossi già esistita nel momento in cui mio padre è morto. Se avessi dei ricordi con lui ai quali aggrapparmi.

La morte di mio padre, invece, fa parte delle mie radici. E nessuno può fare a meno delle proprie radici.

La morte di mio padre, ancor più di mio padre stesso, mi scorre nelle vene. Mi è stata impressa nel codice genetico. E finché non saprò cos'è successo davvero, non potrò mai avere pace.

Nel pomeriggio del 26 novembre di diciassette anni fa, quindi, mi arriva la telefonata di Bruno Terenzi. E mi racconta una storia incredibile ma plausibile, professore. Plausibile.

L'ossessione del commissario per l'irrisolto caso Contini-Coen era diventata mitica all'interno della polizia. Specie tra chi aveva affiancato Terenzi e dunque conservava memoria di quanto accaduto. Qualche particolare, qualche anomalia erano infatti rimasti fissati anche nella mente di alcuni investigatori.

Una mattina, un collega bravo di Bruno, che aveva ricevuto un paio di promozioni e lavorava ormai nella capitale, si era ritrovato davanti ad alcuni schedari da mettere in ordine. Vecchi dossier, roba dimenticata.

Per farla breve: nell'archivio della procura era conservata una testimonianza. Un piccolo pregiudicato, un ricettatore di armi e di materiale da usare per compiere reati, affermava di avere smerciato un quantitativo limitato di Semtex. Il nome aveva fatto scattare qualcosa nella testa del collega di Bruno, che non ci aveva dormito la notte. E il giorno dopo aveva chiamato Terenzi, per avere una conferma.

Lei saprà di certo, caro professore, che il Semtex è una variante del C-4 di produzione cecoslovacca. Un esplosivo al plastico, insomma. *Quell'*esplosivo. Ma non era stato questo dettaglio a far balzare Bruno sulla sedia, e a far piangere me dall'emozione quando mi chiamò subito dopo. Il particolare che ci entusiasmò fu la data del passaggio di mano di quella irrisoria partita di Semtex.

E cioè, la primavera inoltrata del 1984.

La testimonianza era battuta a macchina su un foglio ingiallito che attendeva l'archiviazione definitiva. Ed era stata redatta in un'epoca ancora non digitalizzata che aveva reso impossibile la condivisione centralizzata del documento. Ragion per cui, l'informazione sul Semtex era rimasta relegata lì e non era stata incrociata con gli eventi verificatisi nel periodo. Che le devo dire, professore: sembra incredibile, ma succede. Perlomeno, succedeva. Erano anche anni in cui accadevano troppe cose, e gli uomini che se ne dovevano occupare erano invece troppo pochi. Forse.

Sta di fatto che la nota era caduta nel vuoto. Che nessuno vi aveva dato seguito. E che la casualità con la quale l'informazione era arrivata a noi dava i brividi.

Si trattava di reperire questo piccolo pregiudicato. Avevamo il nome, un indirizzo. Ma non è certo gente che se ne rimane sempre allo stesso domicilio. In apparenza nessuno sapeva dove fosse, né che fine avesse fatto. In realtà, ci scontrammo con un muro di diffidenza e di omertà.

Lo cercammo per tre anni. Nulla in questa storia è mai stato facile, professore. Nessuno ci ha mai regalato niente. Ma non intendevo lasciare spazio alla rassegnazione. Con pazienza, sono risalita di indirizzo in indirizzo, ho ricostruito ogni minuscolo movimento di quell'uomo. Non era un latitante, aveva scontato la sua pena; ma aveva continuato a delinquere, e una giornalista non poteva mai risultare gradita a chi lo conosceva e praticava lo stesso mondo.

Perciò, mi decisi per l'unica cosa sensata da fare: promisi in cambio del denaro. E il piccolo pregiudicato saltò fuori.

D'accordo con Bruno, andai da sola a incontrarlo. In presenza di un poliziotto non avrebbe aperto bocca. Ricordo il bar di periferia, avvolto nel fumo e assiepato di slot machine, e gli avventori che mi guardavano storto. La conversazione durò poco perché poco c'era da dire. Ma lo convinsi a descrivermi l'acquirente del Semtex, e di più non mi aspettavo di ottenere.

Ero eccitata: anche se per interposta persona, stavo per conoscere il possibile responsabile della morte di mio padre. O almeno, uno di essi.

L'uomo mi parlò di un giovane, poco più che trentenne. Alto, robusto, testa incassata nelle spalle. Capelli lunghi, mani grosse. Fortemente balbuziente, un dettaglio che il tizio mi ripeté come minimo tre volte. Si era presentato come Sergio, nessun cognome. Ecco tutto.

Lo pagai come promesso e feci per andarmene. Ma lui, forse per giustificare il denaro che aveva preso o forse per darsi importanza, mi fermò. Signorina, disse, secondo me quell'uomo non era del giro. Non del *nostro* giro, insomma. Gli domandai cosa intendesse, e lui: non un delinquente, signorina. Non uno che ruba, o che rapisce, o che ricatta. Uno di *quegli altri*, secondo me.

Quegli altri erano i terroristi. I soldati delle organizzazioni di lotta. Il che quadrava con le modalità dell'attentato, e anche con la scelta degli obiettivi; ma non con la mancata rivendicazione, non con il luogo e il giorno.

E comunque, per me, così come per Bruno, non cambiava molto. Adesso si doveva risalire a questo Sergio. A chi fosse, e per conto di chi aveva comprato il Semtex.

Ci mettemmo a cercare. In parallelo al lavoro, alle attività personali; scambiandoci messaggi, accantonando delusioni, piste false, vicoli ciechi. Scavammo negli archivi dell'antiterrorismo, interrogammo poliziotti in pensione, ex magistrati, giornalisti che avevano scandagliato il mondo delle organizzazioni combattenti tra i settanta e gli ottanta. Avevamo poco in mano, quasi niente: un nome, con ogni probabilità falso, una descrizione fisica che magari non corrispondeva più visto il tempo trascorso. E poi un dettaglio abbastanza connotativo: la balbuzie, che poteva pure derivare da un'impressione errata del ricettatore.

Fu proprio la balbuzie, però, a farci restringere il campo. Insieme a un altro particolare: l'innesco. Un orologio di cui erano stati identificati i frammenti. Assemblare il marchingegno era stata un'operazione delicata, assai pericolosa, per la quale era servita una mano perfetta.

La mano di un genio.

A svelarne l'identità fu proprio un ex terrorista, uno che all'epoca era un ragazzotto e in ultimo si era dissociato, finendo per fare l'ospite televisivo e scrivere libri di memorie come se avesse comandato chissà quale cellula. E mi raccontò, felice per la rilevanza che finalmente otteneva da una giornalista, che c'era questo mito, questo mago degli ingranaggi, che tutti cercavano quando c'era qualche meccanismo difficile da assemblare. E col quale era difficile interloquire, perché balbettava così tanto che preferiva esprimersi a gesti.

Insomma, professore: il cerchio si stringeva. E venne fuori il nome di Malavasi Carlo, classe 1948, nato a Reggio Emilia, militante in un paio di gruppi di estrema sinistra. La descrizione corrispondeva: robusto, testa incassata nelle spalle, capelli lunghi. Talento per meccanismi e ingranaggi.

E c'era qualcos'altro. Malavasi era sparito dalla circolazione, guarda un po', nella primavera dell'84. Evaporato nell'etere. E non a seguito di un'azione rivendicata, non perché latitante, non per una frattura interna. Passato in clandestinità? Espatriato? E perché? Nessuno lo ricercava, nessuno lo aveva preso di mira.

Era un operativo, non uno strategico. Non era un capo, era un tecnico. Con una vena artistica, forse, ma non una gran testa.

Ci lanciammo sulle sue tracce, Bruno e io. Collegamenti tenui, infinitesimali, ma avevamo affrontato di peggio. O di meglio, a seconda dei punti di vista.

Alla fine abbiamo scoperto che Malavasi, al momento di scomparire, aveva una compagna. E che la compagna aveva un bambino piccolo.

Devo proprio aggiungere altro, professore? Allora le dirò che la compagna di Malavasi si chiamava Flavia. E che il bambino era stato registrato con il cognome Malchiodi.

Ed eccoci qui. Ah, ho anche una vecchia foto. È sgranata e non si capisce molto, ma tant'è.

La vuole vedere?

XXII

Il giovane prete si era reso conto della gravità della situazione durante la messa solenne officiata da sua eminenza, di cui lui stesso era stato concelebrante.

Era accaduto nell'istante in cui, seguendo lo sguardo del superiore, nel suo campo visivo era entrata la ragazza che stava sedendosi in lieve ritardo rispetto agli altri fedeli.

L'assistente particolare è abituato a cogliere ogni minima sfumatura espressiva di sua eminenza. Non gli sfuggono le implicazioni recondite, al di là delle parole in sé. Un ordine può avere un'intenzione differente rispetto alla perentorietà espressa a voce, a seconda di come il capo aggrotta le sopracciglia, di quanto strizza le palpebre o risultano evidenti le rughe sulla fronte. E mai, mai al giovane era capitato di rilevare il lampo di emozione intensa che aveva visto saettare nella navata, quando gli occhi del superiore avevano incrociato quelli della ragazza.

Un lampo che comprendeva sorpresa, certo; e preoccupazione. Smarrimento, anche. Ma pure una felicità incontenibile. Ed era stato proprio quello sprazzo di gioia sublime a convincere il giovane che la faccenda andava affrontata subito. Perché era segno di un'emozione pericolosa. Un'emozione che rischia di dare dipendenza.

Per tutto il resto della cerimonia, il segretario particolare aveva osservato la ragazza. Bella, senza ombra di dubbio.

Bellissima, anzi. Lui non è un tipo incline ai piaceri della vita, e l'ambizione è l'unico desiderio che insegue e al quale si piega: ma aveva dovuto ammettere che una donna così può far perdere facilmente la testa a un uomo. Specie se l'uomo in questione ha ormai raggiunto l'età in cui si abbassano le difese, e se guarda al futuro con rassegnazione più che con ottimismo.

Non c'è tempo, aveva pensato il giovane prete facendo ritorno in ufficio. La situazione può precipitare da un momento all'altro. Il sorriso che le aveva letto sul volto tradiva la convinzione della ragazza di essere in grado di tirare l'affondo decisivo. Il fatto che si fosse palesata in una circostanza così pomposa, all'interno di un luogo sacro, con l'arroganza di chi viene a sventolare la bandiera della tentazione nel frangente più alto della professione del sacerdozio, indicava una cosa sola: la consapevolezza del potere che lei è capace di esercitare su sua eminenza.

Il giovane prete trascorre l'intera serata e parte della notte a studiare la rete degli agenti esterni a cui si appoggia l'Entità. Il compito che deve assegnare non rientra nell'ordinario: serve un soggetto esperto e leale, ma anche riservato e pronto a tutto. Non anziano, perché l'azione che dovrà compiere necessita di prestanza fisica, ma nemmeno troppo poco maturo da cedere a scrupoli o principi etici che potrebbero vanificare l'impresa.

Identifica la figura idonea, e la convoca secondo le modalità prescritte.

Pensa, il giovane prete, che il nome in codice scelto per sé dagli agenti dica molto di loro e della determinazione che li contraddistingue. L'appellativo per il quale ha optato la persona selezionata dall'assistente è "Salvatore".

Mentre l'aspetta, in coda alla lunga fila davanti al grande anfiteatro romano, un giornale sottobraccio come segno per farsi riconoscere, il giovane prete spera proprio che lo sia.

A un certo punto, lo affianca un uomo in giacca e cravatta dalla mascella squadrata.

"Mi scusi, è la fila per i biglietti o quella per entrare?"

"Buongiorno, Salvatore. Grazie della sollecitudine."

"Si immagini, padre. Sono a sua disposizione."

Il prete si stacca dalla coda e si avvia verso un caffè nella strada di fronte. Salvatore lo segue. Si siedono, ordinano due cappuccini e attendono di essere serviti.

"Le devo conferire un incarico di enorme portata. Ma particolare, e al di fuori della solita rete."

"Sì, padre. L'ho capito dalla convocazione un po'... irrituale, diciamo così. Non mi era mai capitato di avere un'interlocuzione diretta con la vostra struttura, e devo dire che ne sono onorato."

"In realtà questa convocazione ha un titolo più... personale, ecco. Anche se in gioco c'è parecchio, forse la stessa sopravvivenza dell'Entità. Lei deve capire, Salvatore, che ogni organizzazione, per antica e forte che sia, ha sempre un punto debole: è governata da esseri umani."

L'altro fa una smorfia.

"Che per loro natura sono imperfetti. Niente di nuovo, padre. Lo constato ogni giorno, mi creda."

"Va da sé che i problemi sono parametrati all'importanza della persona che li propone, lo capisce?"

L'uomo trova la frase assai criptica ma fa comunque cenno di sì, per non deluderlo.

A vederli da lontano, hanno l'aria di due conoscenti intenti a conversare davanti a una colazione tardiva, come decine e decine di altre persone nei dintorni di quel monumento famoso e spettacolare.

"E qui, caro Salvatore, temo che siamo in presenza di un problema di livello molto alto. Purtroppo."

"Dica pure, padre."

Il prete si decide a parlare. Ha vagliato con cura gli elementi da fornire all'agente. Niente di scritto, innanzitutto;

solo istruzioni verbali, senza mai indicare sua eminenza come soggetto colpito dagli eventi.

Lo mette al corrente, quindi, della relazione amorosa che vede coinvolto un uomo dalle rilevantissime responsabilità. Di come il pernicioso effetto domino che tale relazione può innescare minerebbe alla base l'universo di cui anche loro due, seduti lì al caffè, fanno parte.

Non dà mai l'impressione di esagerare, ma neppure minimizza. Giacché è davvero convinto che la situazione, sebbene assai comune ed emblematica della fragilità degli uomini, possa produrre effetti devastanti.

Gli confida ciò che sa della ragazza. Nome, luogo di residenza, abitudini, università frequentata. Ne descrive le fattezze, per quanto lui stesso ha potuto osservare durante la messa solenne. Infine lo rende partecipe del profondo coinvolgimento dell'uomo implicato nella relazione.

Salvatore segue impassibile. Non sembra sorpreso, né manifesta altre emozioni. Ma quando il giovane prete fa riferimento all'uomo coinvolto senza però rivelarne il nome, allora serra le labbra, quasi fatichi – in assenza di un'identità definita – a comprendere il reale grado di importanza dell'operazione.

"Dobbiamo fidarci l'uno dell'altro, Salvatore. Seguendo la donna, capirà da solo chi sia la personalità in oggetto. E allora comprenderà anche il livello di riservatezza necessario, che dovrà essere assoluto. Sono stato chiaro? Assoluto. E non avrà altri interlocutori all'infuori di me. Non potrà averne mai."

"Certo, padre. Non dubiti. Ma come può immaginare, esistono diverse… mi conceda… fasce di soluzione. Come devo regolarmi?"

Il giovane prete si sistema meglio sullo schienale.

"Dovrà regolarsi in maniera radicale. La donna non dovrà più presentarsi alla personalità. E dovrà essere un lavoro pulito. Si dovrà credere che la ragazza se ne sia andata di propria volontà. È giovane, bella e vive una condizione non particolarmente felice; ci sta che voglia cambiare aria senza farsi più trovare."

"Come no, padre. Le persone che fanno perdere ogni traccia sono centinaia all'anno. E in assenza di specifici indizi, l'allontanamento volontario è sempre la giustificazione conclusiva."

"Ecco, proprio così. Un bell'allontanamento volontario. E non ci fidiamo di un eventuale consenso di lei a farlo su... esortazione. Si potrebbe sempre pentire e tornare indietro. Giusto?"

"Giusto, padre. Non ci fidiamo."

Il prete fa per alzarsi, poi si ferma.

"Attenzione, però, Salvatore. Nella missione non deve entrare nessun altro. Interno o esterno che sia all'organizzazione. Dovrà fare tutto da solo, siamo d'accordo? E vedrà che non se ne pentirà."

L'altro annuisce e se ne va, mischiandosi alla folla variopinta di turisti e sparendo subito alla vista.

XXIII

Andrea Malchiodi non riusciva a capacitarsi delle assurdità che Vera Coen gli aveva spiattellato. Ci vedeva sempre di più lo zampino dell'essere superiore, il quale si divertiva come un matto a dimostrargli con i fatti che – per quanto negativo apparisse un cambiamento – poteva comunque accadere di peggio.

Stavolta, però, gli risultava difficile spostare in avanti il confine della devastazione. Certo, poteva sempre spuntare dal nulla una squadra di teste di cuoio pronte a picchiarlo di santa ragione, ma si augurava di cuore che non accadesse.

Aveva ascoltato con angoscia crescente ciò che la giornalista aveva da rivelargli. E con estremo rammarico aveva dovuto ammetterne la verosimiglianza; e anche, purtroppo, la piena compatibilità con il poco che sapeva del proprio genitore.

Uno storico del suo livello, assai apprezzato nell'ambiente, avvezzo a faticosi processi di ricerca, aveva preso per buone due storielle propinategli dalla madre e si era scrollato di dosso un passato scomodo. Se i colleghi lo avessero scoperto, sarebbe stato estromesso a calcioni da tutte le società di accademici di cui faceva ancora parte.

E adesso quella donna folle aveva cavato un foglio su cui era stampata la fotografia di un uomo che, sbucando dalle nebbie del passato, veniva additato sia come suo padre sia come assassino del padre di lei. Prima di dare anche soltanto una sbirciata, Andrea, in un rigurgito di dignità scientifica, aveva chiarito che l'astrusa ed elaborata vicenda che era stato costretto ad ascoltare non era sostenuta da prove tangibili.

La giornalista si armò di pazienza.

"Ma questa, professore, non è un'indagine finalizzata ad avviare un processo penale, bensì a essere consapevoli della verità. E soprattutto a scoprire perché Malavasi o chi per lui ha fatto saltare in aria l'auto con a bordo un magistrato e mio padre. Mi pare evidente che non si sia trattato di un'azione terroristica canonica, vista l'assenza di moventi validi e di successive rivendicazioni. Non le sembra?"

Andrea, allora, si era deciso ad abbassare piano lo sguardo, prestando attenzione alla fotografia.

Era sgranata e assai sbiadita. Si intuiva la figura di un uomo robusto, all'incirca trentenne o poco più, spalle larghe e capelli lunghi, che camminava guardandosi indietro. Indossava un soprabito scuro di foggia antiquata.

Per il professore fu un duro colpo. Gli si parò davanti la sola immagine che la sua memoria conservava del genitore: il ricordo vago di una risata fragorosa, e di un uomo che lo prendeva in braccio e lo faceva volare sopra la testa. E l'uomo era quello. Con assoluta certezza.

Non disse niente. Non emise un suono. L'altra, che per tutto il tempo non aveva smesso di scrutarlo, non nascose una certa soddisfazione.

"Lei lo riconosce, professore. È così? Aveva non più di due anni, l'ultima volta che l'ha visto. Eppure lo riconosce."

"Io non riconosco proprio nessuno, cara dottoressa. E nella storia che mi ha raccontato non riconosco neanche me stesso o la mia famiglia. Lei e il suo amico ex poliziotto avete fermato l'orologio della vostra esistenza al momento di quel tragico evento, che però, e mi dispiace per voi, non riguarda affatto la *mia*, di esistenza."

Sul viso della donna si fece strada un'espressione triste, ferita. Sembrava una bambina delusa perché le è stato sottratto il giocattolo preferito.

"Non posso obbligarla ad aprire gli occhi, professore. E mi creda, capisco l'esigenza di nascondere la testa sotto la sabbia per non vedere la verità. Sapesse quanta gente si comporta così per sopravvivere... Preferiscono ignorare tradimenti, malattie, menzogne solo per avere in cambio una vita tranquilla. Io no, io sono diversa, ma non tutti possediamo il coraggio necessario. Lo comprendo."

Ad Andrea salì il sangue al cervello.

"Coraggio? Lei parla a me di coraggio? Una che mi ha osservato di nascosto pur senza alcun diritto di farlo dovrebbe sapere che il destino di recente mi ha offerto, per dir così, numerose occasioni di resilienza. Lei, piuttosto: si lasci dire da uno che campa di ricerche che il suo metodo non ha niente di scientifico e dunque di obiettivo. Lavora a tesi, senza ammettere ipotesi differenti. Ha mai pensato che magari sta sbagliando? Che dietro questa storia possa esserci un'amante, debiti di gioco o roba del genere? Si rende conto che può aver sprecato il suo tempo appresso a un errore di valutazione?"

Sorpresa da tanta veemenza, Vera sulle prime restò a bocca aperta. Poi reagì.

"Il Semtex non si compra al supermercato, professore. È pericoloso da maneggiare. E un innesco mediante un orologio da polso, nemmeno comandato a distanza, è pura follia. Perciò, data l'indubbia perizia, può essere stato soltanto Malavasi a mettere in pratica l'attentato. Per quanto riguarda eventuali retroscena su Contini e mio padre, le assicuro che tutto quello che c'è da sapere io lo so. E nulla giustifica la fine che è stata loro riservata. Nulla."

Malchiodi sbuffò.

Fu tentato di alzarsi e andarsene, poi lo sguardo gli cadde sulla fotografia rimasta sul tavolino.

"Quanta presunzione, mamma mia... Ma mi sento di mostrarmi tollerante, e al contrario di lei non voglio escludere alcuna possibilità. Avanti, che cosa proporrebbe? Cosa si dovrebbe fare ora, ammesso e non concesso che le sue idee strampalate abbiano un fondamento?"

La giornalista sorrise, e Andrea dovette ammettere che, per quanto rara in una donna di tal fatta, l'espressione era di notevole bellezza.

"Sua madre, professore. Flavia. È stata testimone di ogni cosa, e se non può fornirci una localizzazione precisa, potrebbe almeno rivelarci dov'era Malavasi l'ultima volta che l'ha sentito. Io escludo che quell'uomo sia sparito nel nulla, e anche che abbia rotto del tutto i ponti con la propria compagna; così come escludo che possa non aver mai chiesto notizie del figlio. Sua madre è la chiave."

Il professore scoppiò a ridere.

"Flavia, la chiave? Be', mi dispiace, ma mia madre da molto tempo, purtroppo, non è capace neanche di abbottonarsi una camicia. Mi meraviglio che non sappia che è ricoverata in una..."

"In una casa di cura, a una cinquantina di chilometri da qui. Le sono stata alle calcagna ogni volta che è andato a farle visita. E sono consapevole delle difficili condizioni di salute della sua povera mamma. Ma penso che, se stimolata con le domande giuste, sarebbe in grado di rivelarci qualcosa. Se poi si potesse perquisire l'abitazione, che mi risulta rimasta esattamente come l'ha lasciata, magari si potrebbe..."

Andrea non resse.

"Che ha fatto, le visure catastali? Come si permette di... Io dovrei porre delle domande a mia madre? E quali? Non capisce che è in piena demenza senile, che non si rende conto nemmeno di dove si trova?"

"Dovrebbe consentirmi di entrare con lei, professore. Parlerei io con la signora Flavia. E dovrebbe consentirmi pure di perlustrare l'appartamento. Perché se esiste anche un solo elemento che può metterci sulle tracce di Malavasi, è di sicuro lì."

Andrea scosse la testa così forte che per poco non gli volarono via gli occhiali.

"Io dovrei... Non se ne parla proprio. Costringere mia madre a rispondere a delle domande... E che valore avrebbero le risposte che nel caso darebbe, nello stato in cui versa? La casa, poi, è un luogo riservato. C'è tutta la sua vita dentro, non ho il coraggio io di entrarci, si figuri se faccio entrare qualcun altro!"

Vera fece una smorfia disgustata.

"Ecco, vede? Non ha il coraggio. Non importa, professore. Va bene così. Continuerò a cercare suo padre, e le assicuro che scoprirò dov'è. E lui sarà contento di sapere che il figlio ha preso da lui la vigliaccheria. Carlo Malavasi è scappato, Andrea Malchiodi non riesce a reggere la verità. Tenga pure la foto, io ne ho diverse copie."

E se ne andò, senza voltarsi indietro.

XXIV

L'uomo giovane dai capelli lunghi lancia di tanto in tanto un'occhiata dalla finestra.

Il laboratorio dedicato alle riparazioni è al primo piano, sopra il grande negozio che si affaccia sul boulevard. Lui si è sistemato vicino all'ingresso, il punto meno gradito agli altri due lavoranti, perché si insinuano gli spifferi e nella città d'oltralpe dominata dalla colossale torre in ferro l'inverno è freddo da morire; ma l'uomo giovane ha i suoi motivi.

Sono già sei mesi che è lì. Gli accordi prevedevano documenti d'identità falsi e agevolazione della fuga, secondo un percorso tortuoso e insensato mirato a non farlo individuare. Ottenere un lavoro era stato poi un gioco da ragazzi, per uno con le sue capacità; e la lingua non era stata un dramma, giacché a parlare a gesti è abituato per via della balbuzie che lo affligge. Ostenta un'espressione triste, indica un orecchio e la bocca e si stringe nelle spalle: linguaggio universale.

Era entrato nella gioielleria il secondo giorno, dopo essersi procurato una camera in una pensione che si era rivelata una topaia. Non aveva bagaglio, non possedeva niente di niente. Se non le proprie mani.

Più che sufficienti, in realtà. Si era accostato al banchetto dove il gestore dell'esercizio stava accomodando un orologio, un Girard-Perregaux del '66, e a segni gli aveva fatto capire che stava intervenendo sul pezzo sbagliato. L'altro, sorpreso, gli aveva fatto posto e lui aveva completato la riparazione in meno di un minuto. Uno così, o fai finta che non esista o lo assumi. Quattro spiccioli, pasti garantiti e il diritto ad alloggiare nello spazio sovrastante il negozio.

C'è un problema, però. Sono tante le azioni eversive di cui l'uomo giovane dai capelli lunghi è stato esecutore. Di conseguenza, in patria è considerato un elemento di rischio per le troppe cose di cui è al corrente. Perciò, adesso che è stato messo fuori contesto, e più di millecinquecento chilometri sono una buona decontestualizzazione, lo si può togliere di mezzo in maniera discreta.

L'uomo giovane dai capelli lunghi e dalle mani d'oro sa quindi di essere sorvegliato. Sa che – una volta appurato che non c'è nessuno pronto a porsi domande sulla sua fine – si potrà lasciar credere che, come dal nulla è arrivato, nel nulla ha fatto ritorno.

Non è paranoico: è realista. Lui ragionerebbe così, dunque è naturale che possa ragionare allo stesso modo anche chi si è servito di lui, persino chi l'ha reclutato per la singola operazione nei pressi della Città dei papi. Per quell'ultimo lavoro il compenso era stato subito accreditato sul conto accessibile soltanto alla sua compagna, i documenti nuovi gli erano stati regolarmente forniti e la fuga era stata coperta in sicurezza. Gli accordi erano stati rispettati, insomma. Ma non per questo lui si sente tranquillo.

Dalla finestra vede i tavolini dell'elegante bistrò di fronte, il semaforo la cui luce si riflette sull'asfalto bagnato di pioggia, il chioschetto di un venditore di biglietti della lotteria. I tavoli occupati sono tre: a uno siede un tipo con cappello e impermeabile; a un altro ci sono due donne che chiacchierano fitto; al terzo c'è un ragazzo che controlla spesso l'ora e l'angolo della strada, come se aspettasse qualcuno.

L'uomo giovane dai capelli lunghi ha già visto da qualche parte il tizio del primo tavolino, ne è convinto. È attento ai particolari, non può sbagliarsi. L'impermeabile ha una larga macchia sotto la tasca, e il cappello gli copre gli occhi in maniera esagerata, di certo per non renderlo riconoscibile. L'uomo giovane dai capelli lunghi rimane in attesa, e dopo un po' la testa del tipo al tavolino si muove rapida verso l'alto.

Una piccola, importante conferma.

Chissà, magari la sorveglianza serve solo a essere certi che non gli vengano idee strane; che eventuali pesi sulla coscienza non lo convincano a parlare con un poliziotto o chissà chi.

È più facile, però, che stiano invece aspettando il momento giusto per metterlo a tacere.

Per sempre.

Abbassa lo sguardo sul banchetto e osserva l'orologio smontato che vi è poggiato sopra. È un Audemars Piguet, un modello bellissimo. Riscontra una minuscola deformazione della molla. Col grosso polpastrello ne percorre la superficie. Una leggera pressione in un punto, un nuovo giro di dito per saggiarne l'uniformità.

Adesso funziona, dice fra sé. Ciao, amico mio.

Rimonta cassa e quadrante. Pensa a quanto sarebbe magnifico se il mondo funzionasse come quell'orologio, vecchio e malandato ma riparabile secondo una logica. E riflette sul senso di pace che gli infonde rifugiarsi in quella logica, che le sue mani conoscono meglio della sua mente. Avevano torto gli operai della Comune del 1871, che sparavano agli orologi per celebrare il tempo affrancato dallo sfruttamento: il tempo è sacro, e misurarlo è un atto di emancipazione collettiva.

Guarda di nuovo dalla finestra. Il tizio col cappello è ancora lì, le gambe distese sotto il tavolino, un bicchiere davanti.

L'uomo giovane dai capelli lunghi verifica di avere in tasca soldi e documenti.

Ha studiato bene il da farsi, nell'ultima settimana. Fa un cenno agli altri due lavoranti, come se dovesse andare al bagno, e quelli a stento sollevano il capo dal banchetto. Va dietro il paravento che nasconde la branda in cui dorme. Si assicura che niente possa far risalire alla sua identità. Qualche indumento di ricambio può pure restare lì, a futura memoria.

Si abbassa. Sotto la branda c'è una tuta da operaio. L'indossa sopra i vestiti, e calza un berretto di lana sotto il quale raccoglie i capelli. Poi si avvia, ma invece di scendere di sotto, si arrampica svelto e silenzioso per le scale, fino alla porta che si apre sul tetto.

Armeggia con un uncinetto e fa scattare la serratura. Una volta all'esterno, sotto l'acquerugiola che cade dal cielo plumbeo, trae un respiro profondo. La libertà ha l'odore della pioggia, pensa. E per me c'è ancora tempo, prima di finire sotto un'auto che si perde nella notte, magari all'uscita di una birreria, tra un giorno o tra un anno.

Raggiunge il muretto che separa il palazzo da un altro. I tetti di questa città sembrano fatti apposta per scappare, riflette.

Sa già dove andare. Quel paese d'oltralpe è grande abbastanza da poterlo inghiottire nel nulla. I documenti sono nuovi, procurati al mercato nero da giorni.

Considera di trasferirsi in un posto con il mare, magari. L'altro odore nel quale si sente vivo.

Pochi istanti, e dell'uomo giovane dai capelli lunghi non resta traccia.

XXV

Il distributore automatico di caffè era collocato in un disimpegno tra la redazione digitale del giornale e quella cartacea.

Fra le due strutture si era andato sviluppando un inevitabile e neppure sottile antagonismo. I redattori della carta stampata si ritenevano rappresentanti di una sorta di aristocrazia, giacché depositari di una consolidata quanto infrangibile tradizione; i "digitali", dal canto loro, pensavano che presto avrebbero occupato anche l'open space dei rivali, restando dominatori assoluti del campo.

Gli incontri – fugaci – tra le fazioni avvenivano in due sole circostanze: durante la riunione del mattino con la direttrice e, appunto, alla macchinetta del caffè, luoghi neutri riconosciuti da ambo le parti come terra di nessuno.

"E te ne sei andata? Sul serio?"

Vera sorseggiò dal bicchierino e annuì allo sbalordito Marcello. Aveva l'aria sfatta di chi non ha dormito: occhi cerchiati e un pallore che non comunicava niente di buono.

Appena l'aveva vista entrare, l'amico aveva fatto un imperioso cenno del capo verso il distributore e l'aveva attesa lì. Poi le aveva chiesto un resoconto dettagliato dell'appuntamento con Malchiodi. E adesso la apostrofava, incredulo.

"Cioè, mi stai dicendo che, dopo aver inseguito una notizia per l'intera esistenza, dopo aver raccolto a prezzo di lacrime e sangue gli elementi che ti hanno portato a quell'individuo, gli racconti tutto, ma proprio tutto tutto, e te ne vai senza neanche aspettare una reazione?"

"Mi devi capire, Marci. Non è detto che gli altri abbiano lo stesso bisogno che ho io di scavare nel passato. Lui è... Insomma, lo guardavo, e a un certo punto mi ha fatto pena, ecco."

Si era avvicinato uno dei digitali, un ragazzo allampanato secco come un chiodo, i capelli unti e una tonnellata di forfora cristallizzata sulla maglia. Fissava la tastiera del distributore, incapace di decidere a quale mistura affidare il tardivo risveglio. Marcello afferrò Vera per un braccio e la trascinò verso la porta antincendio, che dava su una passerella dove i tabagisti si assiepavano a intossicarsi.

"Pena? Pena, dici? Ma non ti è chiaro che con ogni probabilità Malchiodi è l'unico mezzo che hai per rintracciare l'uomo che ha ammazzato tuo padre? Ti sei dimenticata che per raggiungere questo obiettivo hai sacrificato la tua cazzo di vita?"

Vera fu rinfrancata. Poteva contare su un amico meraviglioso come Marcello, uno che si faceva carico con passione di una cosa che in fondo non lo riguardava.

"Mi è chiaro, Marci, mi è chiaro eccome. Ma per un attimo prova a metterti nei suoi panni. Io, essendogli stata dietro per tanto tempo, credo di aver compreso come sia fatto. È una brava persona; un tipo metodico e abitudinario che si sente rassicurato dalla piattezza. L'esatto contrario di noi."

Marcello allargò le braccia.

"Ma chi se ne frega del carattere sensibile del professore! Tu devi risalire a dove si trova l'assassino di tuo padre. Possibile che te lo debba dire io?"

Vera si passò una mano sul viso. Aveva l'aria stanca.

"Hai ragione, forse. Ma non me la sono sentita di insistere. Malchiodi sino a pochi mesi fa godeva di un futuro pianificato all'estremo e di un passato ordinario e leggibile, e di colpo è finito sbattuto in mezzo a una strada con una sconosciuta che gli buttava in faccia di aver vissuto nella menzogna e di essere figlio di un terrorista, non solo latitante ma per giunta assassino di innocenti. Il tutto dopo aver assistito alla distruzione della sua famiglia ed essere stato costretto ad andar via di casa. E dai, Marci, un po' di pietà..."

"E no, cazzo! Pietà un ciufolo. Perché tutto quello che Malchiodi ha costruito è basato appunto sulla menzogna. E mentre tu, che non hai fatto nulla di male, hai dovuto assistere alla morte di tua madre e ti sei consumata nella ricerca della verità, cosa che io peraltro reputo folle, lui si è goduto i vantaggi del non sapere niente di niente. Ecco perché non posso avere pietà."

Vera si strinse nelle spalle. Sembrava avere un bisogno impellente di piangere e di dormire, non necessariamente in quest'ordine.

"In ogni caso, non avrebbe detto una parola. Era ostile, sulla difensiva. Non aveva voglia di credere a ciò che gli avevo svelato. E sai una cosa, Marci?"

"No. Che cosa?"

Vera gettò lo sguardo sul cortile interno del palazzo, incrostato di polvere, ingombro di cartacce e infestato da mozziconi di sigaretta.

"Mi sono ascoltata mentre gli parlavo. Era la prima volta che raccontavo tutta la storia di fila. Fino a quel momento l'avevo soltanto condivisa un pezzo alla volta con te, che sei il mio unico confidente, e con Bruno, che nemmeno sa che esisti."

Marcello la fissava a braccia conserte.

"E allora? Che vuoi dire?"

"Non lo so, Marci. Forse che mi sono vista con gli occhi di qualcun altro. Devo essergli sembrata una povera squilibrata attaccata a un'idea come una cozza allo scoglio. Una patetica, tormentata maniaca che continua a scavare in un passato che non conosce, alla ricerca di chissà che."

Marcello aveva mutato espressione. Dall'ira era passato allo sconcerto. E alla compassione.

"Vera, tesoro, il tuo bisogno di sapere è più che legittimo. In fondo la tua esistenza è stata condizionata da quella tragedia. Ora, che quest'idiota di professore non ti abbia creduto non significa che..."

"E invece sì, Marci. Significa. Nell'ascoltarmi mentre gli sciorinavo le scoperte fatte e il modo in cui ci sono arrivata, ho capito che è tutto troppo fragile. Sono ipotesi, ricostruzioni. I collegamenti sono labili, molti elementi non sono sostenibili. E se fosse solo frutto della mente ossessionata di una bambina divenuta grande senza conoscere il padre, ed è rimasta lì ad aspettarlo?"

"E cosa vuoi fare, ti vuoi fermare? Davanti al bivio che finalmente potrebbe portarti alla verità, tu stai sul serio pensando di fermarti? E che mi dici del tuo amico ex poliziotto? È un pazzo visionario anche lui?"

Vera sospirò.

"Bruno è ancora più fissato di me. È come un cane al quale hanno sottratto l'osso. E l'osso è proprio quest'unica indagine che non è riuscito a completare, il buco nero in cui ha visto dissolversi anni di lavoro. È vecchio, Marci. Non ha altro a cui aggrapparsi, poveretto."

Marcello non sembrava disposto a cedere al pessimismo. Aveva già visto Vera sfiduciata, e sapeva quanto contasse per lei tornare a credere nella possibilità di una soluzione.

"E va bene. Ammettiamo pure che la ricostruzione sia errata. Immaginiamo che in uno degli innumerevoli snodi dell'indagine tu abbia imboccato la strada sbagliata. Può darsi, come no."

Vera lo fissò, sorpresa che le stesse dando ragione.

Lui proseguì.

"Ma potrebbe anche darsi di no, ti pare? Secondo logica, il nome di Carlo Malavasi potrebbe pure essere quello giusto. E tu che vorresti fare? Lasciarlo andare? Vuoi che il tuo professore rimanga a pascersi nella beata ignoranza, e che quel tizio se ne resti tranquillo da qualche parte a trascorrere la vecchiaia portandosi nella tomba il segreto sull'assassinio di due innocenti?"

"No che non voglio. Ma..."

"*Ma* niente. Devi andare avanti, professore o non professore. E io sarò qui a sostenerti. Adesso rientriamo, altrimenti l'arpia ci divora."

Al di là della porta, l'aria smarrita e imbarazzata, accanto al giovane digitale forforoso – che alla fine aveva optato per un mocaccino – c'era il professor Andrea Malchiodi.

XXVI

La segretaria accosta la faccia allo spiraglio della porta, in attesa che Giovanni Contini, pubblico ministero presso quella procura a ottanta chilometri dalla capitale, sollevi gli occhi e la veda.

Contini è il più giovane dei magistrati in organico nella cosiddetta "Città dei papi". Ha trentadue anni però ne dimostra di più, piccolo e tondo com'è; ma pure per via dei capelli radi, degli occhialetti e di un tentativo di pizzetto col quale spera di racimolare autorevolezza. Viene dal Nord, anche se è figlio di meridionali. E secondo la segretaria, i colleghi approfittano della sua giovane età per sbolognargli ogni rottura di scatole che transita nel palazzo.

Come quella di cui la donna è portatrice adesso, per esempio.

Contini alza la testa dalle carte e ha un lieve sobbalzo.

"Oh, Cristina! Ma perché si mette lì, muta, ogni volta? Mi chiami, cribbio! Perlomeno bussi, così mi accorgo che c'è. Da quanto tempo è là?"

"Dottore, lei dovrebbe chiuderla, la porta. Così una sa che deve bussare. Lei dice: avanti! E io entro e ho la sua attenzione. Come posso sapere se quello che le devo dire è più o meno importante di quello che sta facendo?"

Cristina è prossima alla pensione, e quel magistrato imberbe le fa molta tenerezza. Vorrebbe che si attrezzasse, che acquisisse influenza, ma al povero dottor Contini proprio non riesce.

"Lo sa che a me piace tenere la porta aperta. Dà l'idea che il mio sia un servizio, come in effetti è. E comunque, è difficile che quanto ha da dirmi sia meno rilevante dell'avvincente causa a cui sto lavorando: possibile distrazione di fondi pubblici da parte del sindaco di un paesino qui vicino, che ha rifatto la facciata del municipio senza in apparenza considerare che all'ultimo piano abita la sorella."

La segretaria ridacchia. Poi si fa di nuovo seria.

"Mi dispiace, dottore, ma la signora Crespi è tornata. E ha detto che non se ne andrà finché non l'avrà ricevuta."

Il magistrato si toglie le lenti e si passa una mano sulla faccia.

"Ancora! Non finirà mai, questa storia. Mai."

Si alza, con un lungo sospiro; srotola le maniche della camicia, indossa la giacca, stringe il nodo della cravatta e fa segno alla segretaria, che esce per far accomodare la signora Crespi.

È una bella donna; almeno, lo è stata. Se non avesse i capelli precocemente imbiancati, scarmigliati e pendenti senza vita sulla fronte. Se il viso armonico non fosse solcato da rughe. Se non avesse occhiaie profonde, e macchie sul viso rese evidenti dall'assenza di trucco.

Era stata in effetti una donna bellissima, Alice Crespi. Fino a dieci mesi prima.

Contini le va incontro.

"Prego, signora. Si accomodi. Come sta? Non aveva preso appuntamento, vero? Mi dispiace, non posso trattenermi a lungo con lei, perché..."

Alice Crespi fissa il magistrato. Lo sovrasta in altezza. È molto magra, e indossa un vestito a fiori perché rifiuta la scelta di vestirsi di nero.

"Buonasera, dottore. Non importa, non abuserò del suo tempo. Immagino non ci siano novità, per me."

Contini agita la mano. Il gesto risulta comico, perché la manica della giacca è troppo lunga e dall'orlo sbuca solo la punta delle dita tozze.

"No, signora cara, altrimenti l'avremmo chiamata subito. Anzi, sarei venuto io stesso a riferirle. Ma, come le ho detto più volte..."

"Più di tanto non potete fare, lo so. Perché mia figlia è maggiorenne e il suo può essere stato, come lo chiamate? Un 'allontanamento volontario'. Ma è un'immensa fesseria, dottore. Come anch'io del resto le ho detto più volte."

Il magistrato torna ad accomodarsi dietro la scrivania. Indica alla donna la sedia di fronte a sé, senza molta speranza; e infatti, lei resta in piedi a braccia conserte, la borsa che le pende su un fianco.

"Signora, io la comprendo. Sua figlia è tutto per lei, è l'unico affetto che ha. L'ha fatta studiare, non le ha fatto mancare niente. Poi un bel giorno la ragazza se ne va, e decide di farlo senza avvisare. È una scelta, non lo capisce? Una scelta *legittima*. Ma lo sa quante giovani ogni anno, in questo paese, scelgono di sottrarsi alla propria esistenza e se ne fanno una nuova altrove, magari all'estero?"

Alice serra le mascelle.

"E questa è la *sua* versione, dottore. O quella della polizia, o della procura. A me non importa. Io so che non è così. Io so che mia figlia non si è allontanata volontariamente. Mi è stata sottratta, invece. Non se ne sarebbe mai andata senza avvisarmi."

Contini si sporge in avanti.

"Signora, noi questa ipotesi l'abbiamo presa in considerazione, non può negarlo. Abbiamo inviato la fotografia di sua figlia a tutte le procure. Abbiamo diramato nome, cognome, età e descrizione fisica a tutti i commissariati e i posti di polizia, a ogni caserma dei carabinieri. Abbiamo cercato negli ospedali, abbiamo perfino verificato negli obitori. E abbiamo cominciato subito, non appena lei ha sporto denuncia… quando? Due giorni dopo il mancato rientro di sua figlia, se non sbaglio."

La donna non smette di fissarlo, impenetrabile.

"Io stesso mi sono recato all'università, ho sentito i docenti dei corsi che Maddalena frequentava, i compagni che aveva visto da ultimo, persino il titolare del bar dove si fermava qualche volta a mangiare. Non si può certo dire che abbiamo preso sottogamba la cosa, no?"

Nessuna reazione.

"E poi, signora, le ricordo che non una tra le persone che la conoscevano ha riferito di un malessere, di una difficoltà, di una lite, di una preoccupazione; anzi, tutti hanno definito Maddalena di una bellezza radiosa, di un carattere aperto e allegro, di grande solidità emotiva."

Dall'occhio destro di Alice si stacca una lacrima, che lei asciuga con un gesto rabbioso.

Contini sente il cuore stringersi.

"Voglio dire che non manifestava alcun segno di conflitto interiore, di paura per qualcosa, di dubbio esistenziale. Stava bene, era felice. Non è il quadro di una persona che sta per subire un rapimento, signora."

Alice, allora, sputa le parole come insulti.

"Ah, dunque secondo lei una ragazza che magari è stata portata via contro la sua volontà, alla quale è stato impedito di tornare a casa, doveva manifestare inquietudine? Ma si rende conto delle fesserie che sta dicendo?"

Contini si fa rosso in viso, sta per reagire. Poi riflette sulla situazione psicologica della donna e si arma invece di pazienza.

"È che non esiste nessuna pista, nessun indizio. Tantomeno ci sono prove che Maddalena fosse in contatto con qualcuno che volesse rapirla. Ha vent'anni, è adulta. Magari ha seguito un'ambizione, un amore che lei, signora, non avrebbe condiviso. Succede, molti giovani decidono di farsi padroni della loro vita perché i genitori…"

Alice si morde il labbro, per non piangere.

"Quindi la colpa sarebbe mia, è così? Sarei io quella dalla quale mia figlia è fuggita, vero? No, dottor Contini. No. Non è così. Io non ho mai nascosto niente a Maddalena. E mia figlia sapeva benissimo che non le avrei mai impedito alcuna scelta. Non può essere andata come lei sostiene."

Dentro di sé, Contini ha pena per tanto dolore; tuttavia, deve sostenere la posizione.

"Signora Crespi, io le credo. Però qui abbiamo tante vicende da gestire, lo capisce? Dobbiamo soltanto aspettare una segnalazione da qualche altra..."

"Ma io ho una novità, dottore. Una vecchia compagna di scuola di Maddalena è venuta a trovarmi, stamattina. Mi ha detto che una volta, sull'autobus che prima dell'alba la portava dal paese nella capitale, ha visto mia figlia chiacchierare con una ragazza grassottella dai capelli rossi e ricci, e che c'era molta familiarità tra loro. Sono sicura che questa ragazza può sapere qualcosa, dottore. E insomma, forse dovreste cercarla."

Contini allunga il braccio. Le dita, finalmente libere, adesso fuoriescono per intero dalla manica. Il magistrato afferra una penna e comincia a prendere nota.

"Una ragazza sull'autobus, dice... Prima dell'alba... Grassottella... Capelli rossi... ricci... Qualcos'altro? Ulteriori segni particolari?"

Alice ha un tono di voce nuovo, ora. Lascia trasparire urgenza, speranza. A Contini fa più male degli insulti.

"Ho interrogato la compagna di Maddalena senza darle respiro, poverina. Non saprei dire cosa ricordava davvero e cosa invece si è inventata pur di potersene tornare a casa. Ha detto che questa ragazza aveva gli incisivi molto sporgenti, si arricciava di continuo i capelli e rideva piuttosto rumorosamente. Ah, e che aveva più o meno la stessa età di Maddalena, forse un pelo più grande."

Contini appunta i nuovi dettagli.

"E ha sentito sua figlia chiamarla per nome, per caso? Magari al momento di salutarla?"

Alice annuisce, decisa.

"Bea. La vecchia compagna di Maddalena se lo ricorda bene, perché nessuna fra le loro conoscenze comuni si chiama così. L'ha chiamata Bea."

XXVII

Dovettero trascorrere dieci minuti buoni di guida silenziosa, prima che Vera si decidesse a parlare.

"Come hai fatto a trovarmi?"

Andrea registrò il passaggio al tu, e fu tentato di rintuzzare l'improvvisa e arbitraria confidenza. Poi però rifletté che gli argomenti in comune, gli incontri già avvenuti e soprattutto il fatto che adesso fosse andato lui a cercarla giustificassero ormai quel tipo di interazione. E poi avevano più o meno la stessa età.

"Tu sottovaluti le risorse di un ricercatore di professione. All'università abbiamo una web radio, gestita dagli studenti e da qualche assistente. Mi avevi detto che ti occupi di cronaca, costume e critica teatrale, ho fatto loro il tuo nome e subito mi hanno detto per quale testata lavori."

"Mai fidarsi dei giornalisti... Ma come mai hai cambiato idea? Dopo la sfuriata di ieri in trattoria, ero convinta che avessi chiuso con la faccenda."

Andrea non staccava gli occhi dalla strada. A quella domanda, che si era posto spesso nelle ultime ventiquattr'ore, in effetti non era riuscito a dare una risposta soddisfacente. Alla fine abbozzò una spiegazione, rivolta più a se stesso che a Vera.

"Il tipo della fotografia... L'immagine è troppo sgranata, si distinguono a malapena i contorni. Però io un ricordo ce l'ho. Uno solo: un uomo massiccio che mi prendeva in braccio. E insomma, potrebbe essere lui. Però non è detto: magari non è un ricordo ma una fantasia... Insomma, non posso escludere nulla."

"E va bene. Ma la storia che ti ho raccontato, a cosa ti ha fatto pensare?"

Andrea stava ancora sulla difensiva, non voleva che Vera credesse che lui aderiva alla sua versione. Nondimeno, se era lì, era evidente che c'era un perché.

"Boh... Se mi avessi parlato di questa follia un anno fa, forse ti avrei riso in faccia; e non tanto perché è appunto un'assurdità, quanto perché allora, per come si dipanava la mia vita, non avrebbe avuto alcun peso. Non avrei messo a repentaglio tutto per inseguire dei fantasmi. Adesso, invece... adesso non ho più niente da salvaguardare. E allora, almeno la chance di dimostrarti che sei davanti a una fesseria colossale me la voglio concedere."

Per il resto del viaggio rimasero in silenzio. Quando furono a destinazione, Andrea parcheggiò e spense il motore.

"Ascoltami bene. Io ti consento di incontrare Flavia; se non dirà niente di rilevante, ti riporto indietro e tu mi garantisci che sparirai per sempre dal mio orizzonte. Va da sé che sei libera di investire il tuo tempo in ciò che meglio riterrai, ma non dovrai coinvolgermi più. Intesi?"

"No, professore. È una garanzia che non posso darti, perché io so qual è la verità, e la verità ti coinvolge eccome. Posso di sicuro prometterti che se da tua madre non verrà fuori nulla ti lascerò in pace, e che nell'indagine andrò avanti per conto mio. Ma questa vicenda ti vedrà per forza di cose coinvolto per sempre. Ne fai parte, non potrai sottrarti."

Andrea si rassegnò all'evidenza.

"Lei è molto malata, te l'ho detto. Non ha la minima idea di chi sia io, figurati se può capire chi sei tu. Non diremo nulla che possa turbarla, d'accordo? Parleremo in maniera generica del passato, e vediamo cosa viene fuori. Ma niente di più. Io… io non voglio che stia male."

Vera annuì. Due figli, ecco che cosa siamo, rifletté. Una vuole ritrovare suo padre scoprendo quello che gli è successo; l'altro vuole proteggere ciò che gli resta di sua madre.

Era un bel pomeriggio di sole e Flavia era nel parco, seduta su una panchina in compagnia di un'infermiera. Mani adagiate in grembo, occhi fissi sui passeri che giocavano nel prato.

Andrea e Vera la raggiunsero, e l'infermiera si allontanò con un lieve inchino del capo. Il professore baciò la madre, che non sembrò nemmeno accorgersene.

"Mamma, ti presento una mia amica. Si chiama Vera. Voleva farti, insieme a me, qualche domanda su quando io ero piccolo. Ti va?"

Flavia accennò ai passeri.

"Guarda come sono belli. Fanno una specie di danza. Loro non subiscono né commettono ingiustizie. Sono tutti uguali, vedi?"

Andrea si rivolse a Vera.

"Almeno articola qualche parola. Di solito resta zitta, non so nemmeno se mi ascolta."

Vera le sedette accanto e le si rivolse con dolcezza.

"Ciao, Flavia. Ti ricordi di tuo marito? Ricordi di quando stavate ancora insieme?"

L'altra non distolse l'attenzione dai passeri.

"Come se combattere non avesse bellezza. Come se lottare non avesse musica. Non lo capisci, tu? Noi siamo in guerra, ma la bellezza c'è. C'è lo stesso."

Andrea sospirò.

"Ecco, ti pareva… Te l'avevo detto, è inutile che…"

Vera alzò il braccio e lo interruppe, con un gesto secco. Si rivolse ancora alla vecchia.

"La bellezza c'è, e chi lo nega? E dove stava la bellezza, Flavia? Dove la conservi?"

"Si può stare insieme anche da lontano, no? Certo che sì. Basta sapere come parlarsi." Poi si girò verso Vera, l'aria complice. "Non se n'è mai dimenticato. Mai. Ogni anno. Non se n'è mai dimenticato. Il suo modo per dirmi che anche nella guerra c'è la bellezza."

"Chi, mamma? Chi è che non si è mai dimenticato, e di cosa?"

Lei continuò a interloquire con Vera.

"È un bravo bambino. Gli piacciono i libri, legge tanto. Non ha molta fantasia, ma vede la giustizia e l'ingiustizia. Questo ce l'ha."

Vera le sorrise, complice.

"Sicuro. E tu a tuo marito lo hai fatto sapere, è così? Gliel'hai detto?"

Flavia spalancò gli occhi, come se avesse paura.

"No, no, quando mai? Io non posso dire niente, non posso sapere, quello è il patto! Ma lui lo sa, perché qualcuno glielo riferisce, ne sono certa. Io devo solo lasciare tutto com'è, quella è la mia parte."

Andrea restò a bocca aperta. Non aveva mai sentito la madre parlare in quel modo e di quegli argomenti.

"Ma di chi diavolo parli, mamma? E quale sarebbe la tua parte?"

Vera lo zittì di nuovo.

"Tu la fai benissimo la tua parte, Flavia. E la parte sua? Qual è la parte di Carlo?"

Fare quel nome era stato un azzardo, Vera se ne rendeva conto. Flavia avrebbe potuto chiudere lì il discorso e far cessare ogni dialogo avendo chiaro che quella donna sapeva. Se fosse scattato in lei anche solo un barlume di piena coscienza, Vera avrebbe mandato al macero ogni speranza di ottenere informazioni.

Andrea fece per parlare. Poi gli occhi supplicanti di Vera lo indussero a tacere. Dopo un terribile istante di sospensione, Flavia rise come una bambina.

"Carlo ha fatto ciò che doveva fare. Sempre. Ci siamo detti che era meglio per il bambino, e così abbiamo deciso insieme. Però c'era la bellezza, no? C'era sempre la bellezza. E la bellezza mica si perde. Non si perde mai."

Qualche frase sconnessa. Ma dentro il discorso folle della vecchia c'era una certezza: Carlo. Quel nome, quell'esistenza. Andrea aveva sempre saputo che il padre si chiamava Francesco Malchiodi, che era in marina ed era morto all'estero. E adesso irrompeva Carlo Malavasi, la cui immagine sgranata colta mentre era in fuga raccontava tutt'altro.

Vera la incalzò.

"E Carlo dov'è, Flavia? Dov'è andato?"

Sul viso dell'anziana si affacciò un'ombra di diffidenza. Tacque. Vera, con lo sguardo, chiese un muto aiuto ad Andrea.

Se l'uomo avesse ascoltato se stesso e quello che aveva sostenuto con veemenza in auto fino a poco prima, sarebbe stato zitto. E forse tutto sarebbe finito lì.

Invece disse: "Dov'è, mamma? Dov'è mio padre?".

Flavia girò la testa verso il figlio, lenta, e lo guardò con tenerezza.

"Devi domandarlo a Odile, tesoro. Te lo dirà lei."

Poi tornò a fissare i passeri sul prato, e non disse più neppure una parola.

XXVIII

L'uomo giovane dai capelli lunghi pensa alla sua donna.

Un pensiero contro il quale lotta di continuo, che cerca di tenere a bada. Ci riesce anche, nei frangenti in cui tutti i sensi sono all'erta e lo sguardo scivola diffidente su chiunque gli passi vicino.

È trascorso un tempo non più calcolabile dacché ha preso coscienza di essere ormai per sempre il soldato fuggiasco di un esercito nascosto e clandestino. Nascosto e clandestino, sì; ma comunque un esercito. E in quanto tale, lui aveva avuto compagni e ufficiali con i quali condividere la condizione, e un nemico da combattere riconoscibile e in divisa.

Adesso, però, l'orizzonte è cambiato, purtroppo; adesso l'uomo giovane dai capelli lunghi è rimasto solo, e il nemico è invisibile. Potrebbe essere chicchessia.

Adesso non è più parte di un esercito, davanti non ha più un fronte comune del quale porsi al servizio.

Riflette sul tragitto compiuto da quando si è dato alla macchia. Un viaggio perenne, distanze enormi da coprire per poi tornare nei medesimi luoghi dopo un giro interminabile e farraginoso. Consapevole che un posto vale l'altro, che la lingua che ascolta e gli è ogni giorno più comprensibile non è e non sarà mai la sua, che a nessuno potrà mai dire come si chiama davvero, che le idee fondative del proprio agire non potranno mai più essere espresse.

Un latitante, questo è. Senza nome, senza prospettive. Immerso in un presente liquido che gli impone un unico obiettivo: sopravvivere.

Da cinque settimane, ora, si trova nella città sull'oceano. Respira avido l'aria salmastra. Alla fine si è fermato appunto per l'aria, e pure perché c'è gente che viene e gente che se ne va; nella sua condizione un posto vale appunto l'altro, ma alcuni sembrano valere più di altri.

All'arrivo era entrato in un caffè su una piazzetta di periferia, l'orologio alla parete era fermo e lui non sopporta i meccanismi non funzionanti. Si era accostato, l'aveva staccato dal muro sotto gli occhi perplessi del proprietario, e un minuto dopo *tic tac*, le lancette avevano ripreso vita.

Stupefatto, il gestore del locale gli aveva allora chiesto di dare una controllata all'orologetto da polso della moglie, e lui l'aveva rimesso in sesto. E poi, ancora, se aveva idea di cosa diavolo fosse successo alla lavapiatti, e anche quella aveva funzionato di nuovo.

A gesti, l'uomo giovane dai capelli lunghi aveva domandato al tizio del caffè di indicargli dove poter dormire, e l'altro, dopo averci ragionato su, gli aveva fatto cenno di seguirlo di sopra, dove c'era un ambiente dotato di due piccole stanze, di un bagno e di un letto. Gliene avrebbe concesso l'uso se avesse accettato di mettere la sua maestria a disposizione di chi avesse aggeggi da riparare. A procurare i clienti avrebbe pensato lui, per il guadagno avrebbero fatto a metà.

Non per questo ha smesso di guardarsi le spalle, l'uomo giovane dai capelli lunghi. È al corrente di troppi segreti, e conosce la logica che anima coloro che lo stanno cercando. E non è soltanto per la propria incolumità che non deve farsi trovare: è anche perché, finché lui resterà una mina vagante, finché esisterà il rischio che possa rivelare ciò che sa, non converrà a nessuno mettere le mani sulla sua donna. E su suo figlio.

Ciò che sa.

In un angolo della mente, ogni singolo minuto in cui è sveglio e spesso anche durante i sonni agitati, gli compare il volto dell'uomo che lo aveva contattato da ultimo, prima della latitanza. E vengono fuori le parole pronunciate, il significato profondo di quello che voleva e gli chiedeva.

Forse è per questo che l'uomo giovane dai capelli lunghi cerca di non pensare alla propria donna. Per non sentire la ferita sanguinante del cuore lacerato, per respingere la malinconia della lontananza.

Abbassa gli occhi sul meccanismo che sta riparando. Ha attrezzato un tavolo da lavoro, si è procurato una lampada e ha acquistato un paio di lenti in parti diverse della città, lontane tra loro. E ancora, monocoli, morsetti, pinze e cacciavite minuscoli. Un tornio, persino un circuito di fusione del metallo. Il resto lo fa l'innata e miracolosa precisione delle sue mani.

La voce gira, e gira in modo che l'uomo giovane dai capelli lunghi resti protetto. È interesse del gestore del caffè, che non tirerebbe mai il collo alla gallina dalle uova d'oro, giacché ora nelle sue tasche confluisce una quantità di denaro che non avrebbe neanche immaginato. Perciò ne asseconda la volontà di non diventare un orologiaio rinomato, messa in chiaro a gesti ed espressioni dure: lui con le persone non vuole avere a che fare.

I guasti. Piccoli ostacoli al funzionamento di una macchina microscopica che ha una sola funzione: muoversi.

In fondo, una condizione riportabile a sé: eliminare gli ostacoli che gli impediscono di muoversi. Solo che lui non può riprendere a funzionare. Non potrà mai più.

Raddrizzare perni. Ripristinare molle diventate asincrone. Ricostruire ingranaggi quasi impercettibili. Procedere alla sostituzione soltanto quando è impossibile aggiustare, e poi tenere da parte i pezzi rotti per dotarli – col tempo e con la cura – di nuova vita.

L'uomo giovane dai capelli lunghi riflette su quanto sarebbe terribile se non avesse questa attitudine salvifica: gli sarebbe impossibile trovare pace. E pensa a se stesso vagare nottetempo per quelle strade senza riferimenti, con l'anima che gli urla dentro e la bocca condannata al silenzio.

L'ultima volta che ha parlato per un bel po' e non a segni – e chissà se mai accadrà di nuovo – è stato con la sua donna. Smette di resistere alla nostalgia e cede alla memoria degli occhi di lei, grandi e pieni di lacrime.

Sei una lottatrice, le aveva detto. Ci siamo conosciuti in una cantina, mentre distribuivamo volantini stampati da un ciclostile e sbavati di colore. Ci siamo incontrati attorno all'idea di un mondo migliore, senza ricchi che calpestano la povera gente, senza maledetti servi del potere che sparano sulla folla inerme, senza grassi borghesi che bevono il sangue degli operai. Te lo ricordi, amore mio?

Me lo ricordo, aveva detto lei, il mento che le tremava.

E lui, con l'immensa fatica che gli costava parlare, le aveva detto ancora: io ho sempre fatto quello che dovevo. L'ho portata avanti, la mia guerra. Spalla a spalla con te e con gli altri. E lo sapevamo che cosa ci poteva succedere, no? Essere uccisi, finire in galera. Quanti compagni abbiamo perso, amore mio? Quanti sono i caduti, quanti i dispersi?

Lei era rimasta in silenzio, gli occhi enormi e liquidi che gli ossessionano le notti e le mattine. E lui aveva continuato: che cosa progettavamo, amore, tu e io? Di diventare una famiglia normale? Che io indossassi la cravatta e andassi a prendere ordini da un plutocrate bastardo, per un'elemosina che ci consentisse di mettere insieme il pranzo con la cena?

Che cosa progettavamo, amore, tu e io? Di comprare una schifosa utilitaria, di andare a mangiare la pizza ogni sabato, di andare in vacanza dieci giorni d'estate? E di voltarci dall'altra parte, mentre nelle periferie del pianeta si muore di fame, mentre si alimentano guerre per vendere armi? Era questo che volevamo tu e io, amore?

Ripensa alla sua donna che scuoteva la testa. E a se stesso, con lo sforzo che faceva a parlare, mentre le diceva: io quello che ho fatto non lo rinnego. Lo rifarei mille altre volte, e mai ho avuto paura di finire male. Io intendo rivoluzionare il mondo; e se non ci riesco, voglio che mi si ricordi come uno che ci ha provato.

Però adesso, amore. Adesso le cose sono mutate.

Non so se posso andare incontro alla fine come se fosse un principio, come ho sempre aspirato a fare. Sino a qualche tempo fa avrei serrato le mani intorno al collo di chi commetteva ingiustizie, e lo avrei guardato morire un po' alla volta, gli occhi uscirgli dalle orbite, la bava dalla bocca. Aumentando piano la stretta, per godermi ogni istante.

Ma io oggi non lo so se sono più padrone di me stesso, amore mio. E ignoro se lo sei tu, padrona, e se lo siamo insieme.

Ho dovuto andarmene per questo.

Ho dovuto farlo per questo.

L'uomo giovane dai capelli lunghi nemmeno lo capisce da dove è caduta quella goccia sul meccanismo che sta riparando.

Toglie il monocolo, si appoggia allo schienale.

E lascia libera la mente di andare al di là della terra e dell'oceano.

Ti amerò sempre, Flavia. Sempre.

XXIX

Il tragitto del ritorno era il medesimo dell'andata, ma era cambiato tutto.

La tensione nell'abitacolo era palpabile. Andrea serrava il volante, le nocche rese bianche dalla stretta. Vera si torceva le mani in grembo. Gli umori, però, erano opposti.

Il professore, che dalla visita alla casa di cura non si era aspettato altro che un nulla di fatto, con conseguente rimozione di almeno uno dei suoi molteplici problemi, doveva ora fare i conti con una nuova, terribile consapevolezza alla quale non intendeva concedere spazio.

La giornalista, dal canto suo, era convinta di essersi trovata di fronte all'evidente, clamorosa conferma che la ricostruzione degli eventi da lei imbastita era quella giusta. Le frasi pronunciate da Flavia e il riconoscimento del nome di Carlo Malavasi erano per lei elementi inequivocabili.

Restava però tutto nel campo di Malchiodi; e Vera ne era cosciente.

Fu lui a rompere il silenzio.

"È una donna vecchia e malata. Parla a vanvera, non sa cosa dice. E tu le hai messo in bocca quel nome. Non significa niente."

Lei rise, beffarda.

"Ah, ecco. Questa è la tua linea. Negare ciò che hai visto e sentito."

"Lo vedi come fai? Decidi tu ciò che la gente pensa o sa, e qualsiasi cosa dica lo interpreti a tuo uso e consumo. Lo hai appena fatto con mia madre, e adesso lo fai anche con me."

"Non accetto giudizi da un campione mondiale di testa nella sabbia. Tua madre sarà anche un po' svagata, ma davanti alle domande giuste ha dato le risposte giuste. Tu invece, pur di rimanere aggrappato a quello che resta della tua vita fatta di bugie, fingi di non capire."

Andrea era estenuato. Non voleva cadere di nuovo nella spirale del litigio a vuoto.

"Va bene, ammettiamo pure che questo Carlo Malavasi sia in effetti esistito nel passato di mia madre: non significa però che sia mio padre, che sia ancora vivo, che sia l'uomo che stai cercando tu. Come intenderesti procedere, sentiamo. Cosa si dovrebbe fare adesso? Tentare con l'ipnosi? Sottoporre mia madre all'elettroshock? Interrogarla con una lampada sparata in faccia?"

Vera non raccolse la provocazione.

"Non credo che Flavia possa dire di più. Ha confermato l'esistenza di Carlo, e ha fatto il nome di qualcuno a cui chiedere notizie, questa Odile. A te dice niente?"

"No che non mi dice niente. Che cosa dovrebbe dirmi? Non conosco nessuna che si chiami così, e giuro che è la prima volta che la sento nominare da mia madre!"

La donna rifletteva.

"È un nome francese. Confermerebbe molte delle ipotesi fatte con Bruno."

"Quali ipotesi?"

"Be', la cosiddetta 'dottrina Mitterrand', per esempio. Il primo febbraio 1985 il presidente della Francia, François Mitterrand, disse in un discorso che il suo paese..."

"...non avrebbe concesso l'estradizione dei ricercati per atti di natura violenta ma di ispirazione politica, e per questo molti terroristi si rifugiarono in Francia. Cosa mi fai, la lezioncina? Sono un docente universitario, credi di avere a che fare con uno sprovveduto? E comunque, mia cara, non avevi detto che nel caso di tuo padre e di quel magistrato non poteva trattarsi di un atto politico? Tutta la manfrina sulla mancata rivendicazione dell'attentato, sul modus operandi che non era quello dei terroristi e le altre fesserie di cui hai sproloquiato, cosa caspita c'entrano ora con l'ispirazione politica?"

La donna si agitò.

"Be', a ogni modo Carlo Malavasi era un terrorista, apparteneva alle bande armate. Chissà che orrori ha commesso, per seguire i suoi ideali distorti. Potrebbe comunque avere rivendicato l'azione per ottenere asilo."

Malchiodi non intendeva assecondare un ragionamento che riteneva strumentale.

"Ma se non è stato nemmeno imputato! È tutto nel tuo cervello: fino a mezz'ora fa neanche avevi conferma che Malavasi fosse in effetti esistito e avesse avuto un ruolo nella vicenda di tuo padre. Asilo di che?"

"Insomma, la Francia era un'opzione; e il nome Odile è un segno che rimanda là, ti pare? Adesso non resta che capire chi è. Ci serve un riferimento."

Andrea si sforzò di trattenere l'ira.

"Io dubito che tu ti renda conto di quello che dici. Mia madre non è attendibile, maledizione! Sono anni che la imboccano come una neonata, che la vestono, la lavano. A volte nemmeno mi riconosce! Da dove vuoi che tiriamo fuori l'indirizzo o il numero di telefono di questa Odile, ammesso e non concesso che esista o sia esistita? Magari si tratta di una bambina che mamma aveva conosciuto alle elementari, perdipiù morta da anni!"

Vera tacque per qualche istante.

"Hai ragione," disse poi.

Andrea quasi sbandò per la sorpresa.

"Come sarebbe?"

“Sarebbe quello che ho detto: hai ragione. Odile potrebbe non esistere, essere frutto della fantasia di tua madre. Anzi, direi che in effetti è assai probabile. Ma se non fosse così? Se la mia voce, una voce che non aveva mai udito prima, le avesse sbloccato qualcosa?”

“Dove vuoi andare a parare, si può sapere?”

“Con te Flavia aveva mai parlato della bellezza? Di quello che ‘era meglio per il bambino’? E le avevi mai sentito pronunciare il nome Carlo?”

“No, ma...”

“E quindi, per favore, puoi riconoscere che a qualcosa di nuovo oggi hai assistito? Non ritieni che io meriti perciò una possibilità?”

Quella giornalista malefica aveva la capacità di mettere Andrea spalle al muro. E a lui non piaceva neanche un po’.

“Ué ué, bella! Ascoltami bene: mi hai chiesto di portarti da mia madre, e io ti ci ho portata. Hai anche promesso di lasciarmi in pace, se non fosse venuto fuori niente.”

“Be’, qualcosa è venuto fuori, però. E poi, scusami: sei uno storico con l’animo del ricercatore; nessuno più di te sa che gli eventi vanno analizzati e che i nuovi elementi acquisiti cambiano la lettura dei fatti. Adesso pure la tua storia può cambiare. Sul serio non sei curioso di scoprire chi sei, di svelare i misteri del tuo passato familiare? Per esempio: tua madre è ricoverata in una struttura d’eccellenza, non credo la passi la mutua. Posso chiederti come la paghi?”

“Lei... Mamma aveva dei soldi da parte. Bastano ampiamente a...”

“Ah, sì? E dove li ha presi? Dov’era impiegata?”

“Non aveva un impiego, non ha mai avuto bisogno di... Ma che accidenti vuoi dire, si può sapere?”

“La tua istruzione: sei andato all’estero, hai potuto specializzarti. Da studente non hai mai dovuto lavorare per mantenerti, hai fatto quello che volevi, le scelte professionali non sono mai state dettate dall’urgenza. È così?”

“Non abbiamo mai navigato nell’oro, però. Sì, abbiamo fatto una vita tranquilla, d’accordo: cos’è, una colpa?”

“No, non lo è. Ma tua madre viene da una famiglia semplice, una volta si sarebbe detto ‘proletaria’. E anche Carlo Malavasi, fidati, era figlio di povera gente. Non ti chiedi mai da dove piovevano i soldi che lei aveva accantonato e che oggi ti consentono di tenerla in quella clinica?”

Andrea si arrese.

“E va bene, va bene… Che altro vuoi?”

Vera gli mise una mano sul braccio.

“Dobbiamo andare a casa di Flavia. E cercare lì.”

XXX

In quella donna c'è qualcosa che il dottor Giovanni Contini, sostituto procuratore presso la Città dei papi, non riesce a ignorare.

Lui non le ha mentito: davvero ogni anno scompaiono decine, addirittura centinaia di giovani. Ma soltanto dal radar di genitori, compagni e amici, perché vanno a cercarsi una nuova esistenza altrove.

Da ragazzo, Contini aveva prestato servizio di volontariato presso la mensa gestita da una parrocchia, nel paesino in cui viveva. Il sacerdote che la dirigeva, un prete dolcissimo che stava lì da sempre, una mattina lo aveva preso sottobraccio e gli aveva detto: vedi, Giovanni, io provo tanta pena per i senzatetto che ospitiamo. Se non gli dessimo da mangiare noi, chissà dove e come si procurerebbero da sfamarsi. Però hanno scelto loro questa vita, nessuno li ha costretti. Gli affetti che si sono lasciati alle spalle, invece, mi fanno ancora più pena. Perché si consumano al pensiero dei figli, dei fratelli o degli amici perduti, annientati come sono dal dolore procurato da un'assenza senza spiegazioni e senza fine.

Contini è davvero convinto che Maddalena sia andata via per scelta, facendo – a torto o a ragione – ciò che ha voluto. Ma lo strazio che deformava il volto di sua madre, gli occhi spenti di lei, il magistrato non può ignorarli. Alice

Crespi sta morendo, giorno dopo giorno; e rimanere inerte a guardarla precipitare nella disperazione più nera va molto al di là di quello che Giovanni Contini può accettare.

Così, appena la signora Crespi era uscita dalla procura, aveva chiesto a Cristina di informarsi su orari, fermate e luogo di stazionamento del bus che, la mattina presto, collegava la provincia della Città dei papi con la capitale. Non cogliendone la ragione, la segretaria aveva sollevato un sopracciglio, e lui le aveva chiarito di voler procedere con un'indagine su una traccia individuata dalla madre di Maddalena: una persona che avrebbe potuto fornire informazioni sulla presunta scomparsa della figlia.

Cristina era apparsa perplessa e aveva insistito perché il magistrato assegnasse l'incarico alla polizia. Ma niente, Contini non intendeva delegare il compito.

Perciò adesso si ritrova da solo – prima dell'alba, secondo le indicazioni di Alice Crespi – sotto la pensilina presso la quale Maddalena era solita aspettare l'autobus. L'aria è umida, fredda, ostile. Il buio è ancora fitto, e il popolo della notte è padrone assoluto del territorio.

Tenendosi nel cono di luce dei lampioni, Contini aveva percorso un tratto a piedi per raggiungere la fermata, procedendo svelto e trasalendo appena percepiva un movimento nell'ombra; chissà chi c'è, si domandava, uomini o animali, magari entrambi. Sentiva sguardi addosso, o forse li immaginava; e immaginava anche una ragazza molto bella – nella borsa un paio di libri pesanti e un panino per il pranzo – affrontare ogni giorno la stessa strada, sfidando le stesse paure che ora aveva lui, uomo adulto e magistrato, in quel momento privo della copertura di una scorta e dei lampeggianti sull'auto.

Ora è seduto alla fermata, sulla panca sotto l'insufficiente copertura della pensilina. L'umidità si insinua attraverso gli indumenti e penetra nelle ossa. Contini scruta i volti di chi lo circonda e riflette sui tanti mondi che girano nell'universo che conosce lui, senza sognarsi nemmeno di sfiorarli se non quando succede qualcosa di irreparabile.

Operai, impiegati, lavoratori costretti a fare i conti con precarietà e stipendi da fame, l'ansia nell'attesa del 27 del mese, le bollette da pagare. Tutti a correre in equilibrio su un filo e senza rete, pregando che non saltino fuori una malattia o un guasto in casa, perché non saprebbero come fronteggiare l'emergenza.

Insegnanti pendolari che si sobbarcano ore di viaggio per spiegare a bambini e adolescenti che è giusto avere speranza nel futuro.

Studenti che immaginano quel futuro assai diverso dal presente, pronti a competere con i tanti più fortunati che non devono mettersi in marcia alle cinque del mattino per poter frequentare l'università.

Una rappresentanza di quei mondi è presente nel gruppo che, imbacuccato per difendersi dall'umidità, aspetta come il magistrato l'arrivo dell'autobus. Che alla fine arriva e spalanca le porte di un ambiente maleodorante, ma perlomeno caldo e asciutto.

Contini sale e sbircia intorno.

Sa cosa cercare, anche se la descrizione è pervenuta attraverso un telegrafo senza fili di incerta attendibilità. E in effetti, una ragazza che potrebbe essere la fantomatica Bea c'è. È seduta a metà della fila di sinistra, dal lato del finestrino. Capelli rossi e ricci, faccia tonda. È impegnata in una conversazione fitta con una matrona dal cappello multicolore calcato in testa, un berretto di chiara fattura artigianale.

Contini aveva sperato di trovare libero il posto accanto alla giovane, occupato mesi prima da Maddalena. Ma non è così, e deve decidere in fretta dove sedersi, perché ha bloccato la coda, i passeggeri pressano e l'autobus sta per ripartire. D'impulso, si lancia nel sedile dietro la donna dal copricapo variopinto. Le porte si chiudono, e comincia il viaggio. In procura non lo vedranno palesarsi alla solita ora, ma il magistrato sospetta che nessuno ne sentirà la mancanza.

Dal punto in cui è seduto riesce a vedere il profilo della ragazza. E anche a percepire la conversazione fra le due donne.

Bea – ammesso che di Bea si tratti – ha una voce calda e allegra. Ride di gusto ai racconti della figura giunonica dal cappello improbabile, storie di parentela impicciona e di rapporti complicati con un marito ignavo. Risponde a tono, dice la propria con un intercalare ricorrente: "voglio dire". Si arriccia i capelli con le dita mentre ascolta, e quando risponde gesticola con grazia.

Se quella è Bea, e se ha avuto con Maddalena la stessa confidenza che ha con la matrona, è assai probabile che sia a conoscenza delle decisioni prese dalla giovane. Quantomeno di cosa le è successo. Perché il magistrato in cuor suo non esclude che Alice possa avere ragione, e che la figlia sia stata effettivamente vittima di una disgrazia. Ha poco più di trent'anni, Contini, e non fa il magistrato da molto. Ha però imparato quale enorme pericolo rappresenti la bellezza, specie per una donna, e ancor di più per una ragazza di provincia che frequenta la grande città.

L'autobus giunge a destinazione. La presunta Bea e la matrona scendono senza smettere di chiacchierare. Contini è indeciso: restare a bordo in attesa che l'autobus riparta per affrontare il tragitto inverso? O seguire le donne e cercare l'occasione giusta per parlare con la ragazza dai capelli rossi?

Sceglie la seconda opzione.

Segue la presunta Bea, a distanza. Non che gli risulti gradevole svolgere quella mansione di norma affidata ad altri. Ripensa al linguaggio freddo e formale dei rapporti che gli planano sulla scrivania, e si rende conto che deriva da ciò che sta facendo adesso: camminare non visto sul marciapiede di fronte, osservare di sguincio una persona inconsapevole di essere sorvegliata, invadere la sfera altrui.

Non certo roba della quale vantarsi. È contento, perciò, che il segmento di indagini da lui curato preveda modalità di altra natura: non potrebbe mai fare il poliziotto sul campo. Prova addirittura disagio al pensiero degli infiltrati, costretti a fingere non solo un'identità diversa, ma anche l'adesione a un sistema di valori opposto. Bisogna nascerci così, riflette. Inclini alla menzogna.

Adesso che la vede in piedi, Bea gli appare diversa. La rotondità del viso inganna: ha un corpo snello, gambe lunghe. Indossa un paio di jeans e una giacca a quadri rossi e neri con le spalline. A Contini dà l'impressione di essere addirittura attraente.

Chissà perché gli viene di pensare alla madre, al paese. La famiglia è sempre stata orgogliosa di lui, del concorso vinto alla prima prova, del percorso scolastico e universitario. Non la madre però, che ogni santa volta che lo vede – cioè nelle due sole occasioni al mese in cui torna a casa – continua a rimproverarlo di non avere ancora nemmeno una fidanzata, mentre alla sua età dovrebbe già essere sistemato con tanto di moglie e figli. Contini prova a spiegarle di avere un lavoro complicato e totalizzante che non gli lascia spazio per coltivare amicizie, figurarsi per frequentare ragazze; ma lei serra le labbra, come fa sempre quando non vuole sentire ragioni, e sentenzia: quando sarai vecchio, il lavoro non ti farà nessuna compagnia. E neanche ti riscalda ora se fa freddo, né ti protegge dal prossimo.

Chissà perché gli viene di pensarci proprio adesso, proprio ora che vede Bea salutare la matrona con due baci sulle guance e avviarsi per raggiungere il negozio. Il magistrato decide che non ha molto senso seguitare a pedinarla e basta.

Si avvicina. Tossisce.

"Signorina, posso disturbarla un attimo?"

La ragazza si gira, sorpresa. Strizza gli occhi.

"Che accidenti vuoi? Guarda che chiamo la polizia!"

Contini è consapevole di non essere attraente: è basso, pingue e ha pochi capelli. Ma non si aspettava di essere scambiato per un delinquente.

"Mi scusi, non vorrei che equivocasse. Sono un magistrato, mi chiamo Giovanni Contini. Lei è Bea, vero?"

La ragazza lo fissa, quasi avesse sentito un cane randagio parlare.

"E come lo sa il mio nome, lei?"

Il passaggio a una maggiore formalità pare a Contini un buon segno.

"Mi rendo conto che il mio approccio può risultare inopportuno, e me ne scuso. Ma mi sto occupando della scomparsa della signorina Crespi Maddalena, che lei potrebbe aver conosciuto tempo fa e..."

Bea spalanca la bocca e mette in mostra un paio di incisivi formidabili. Sembra il ritratto della meraviglia.

"Maddalena... E che ne sa che io... voglio dire, come lo sa che io conoscevo... Comunque, mi dispiace. Non ho niente da dirle."

L'attenzione di Contini ha un'impennata. La ragazza ha paura di qualcosa, e lui rischia di perderla.

"Non intendo spaventarla, signorina. La madre, la signora Alice Crespi, sta soffrendo molto. Io sto cercando di scoprire che cosa può essere accaduto a Maddalena, e la madre, appunto, è venuta a sapere che voi due in autobus chiacchieravate. Non abbiamo altri elementi, insomma. Come può capire, noi..."

Bea si guarda attorno, come temendo di essere vista da qualcuno.

"Senta, non so che cosa si aspetta da me. Io non avevo un rapporto intimo con Maddalena, voglio dire: solo buongiorno e buonasera, e quattro chiacchiere sul mio lavoro e sui suoi studi. Nulla più di questo. Della sua vita privata non ho mai saputo niente, e niente mi interessa sapere. È chiaro, voglio dire?"

Contini non ha elementi per trattenerla ancora. Non c'è notizia di reato, non esistono indizi.

Fa perciò l'unica cosa che può fare: porge alla giovane il proprio biglietto da visita.

"Le chiedo ancora scusa per averla avvicinata in questo modo. La prego soltanto di non ignorare il dolore della signora Crespi, che poi è il motivo per cui sono qui. Sul biglietto c'è il numero telefonico del mio ufficio, in procura: se dovesse venirle in mente qualcosa che possa aiutarci a scoprire quel che è successo a Maddalena, chiami la mia segretaria, le lasci un recapito e io mi farò vivo subito. Buona giornata."

Bea mette in tasca il biglietto, non ricambia il saluto, si gira e va via a passo svelto. Pochi istanti, e la folla la inghiotte.

Contini scuote il capo e torna verso il capolinea dell'autobus, pensando alla sua, di madre.

Sono troppo difficili le ragazze, mamma.

Non fanno per me.

XXXI

La porta si aprì. Dietro c'era Vera, la lingua penzoloni.

Bruno Terenzi, in pigiama e pantofole, la squadrò da capo a piedi. Poi si girò verso l'orologio a parete, infine la squadrò di nuovo.

"Hai idea di che ora è, sì? Guarda che io sono un pensionato, vado a dormire presto."

La donna faticava a recuperare un ritmo respiratorio accettabile. Indicò alle proprie spalle.

"Ascensore fuori uso... otto piani di corsa... Sto morendo, credo..."

"Stanno facendo dei lavori. Io mi inerpico sui gradini per due piani, mi riposo un minuto e riprendo a salire le scale. Dice il portiere che per dopodomani avranno terminato. Sto mangiando formaggini da tre giorni: finché non rimettono l'impianto in funzione, col cavolo che esco a fare la spesa. Dai, vieni a morire dentro, così almeno non devo andare a smaltirti nell'organico, si fatica pure a scendere."

Vera si trascinò all'interno e si lasciò cadere sul divano del salotto. Era una frequentatrice abituale della casa da single di Bruno, che spesso l'aveva ospitata per studiare documenti e abbozzare ipotesi. In quel salotto si era illusa molte volte, e molte volte era rimasta delusa.

L'anziano ciabattò in cucina e tornò con un bicchiere d'acqua, che la ragazza bevve in un sorso.

“Scusa tanto, Bruno. È tardi, lo so, anche se in questa città le persone normali alle dieci e mezzo sono ancora a cena. Però ho bisogno di raccontarti cos'è successo oggi, per riordinare le idee. Se non mi confronto con te, non ci riesco.”

L'uomo si avvicinò a una poltrona e si sedette di fronte a Vera, sincerandosi rapido che la patta dei pantaloni del pigiama fosse ben chiusa.

“Va bene, va bene... Tanto ormai chi dorme più? Dimmi, forza.”

Terenzi strabuzzò gli occhi appena l'altra gli riferì non soltanto dell'inattesa visita di Andrea Malchiodi in redazione, ma soprattutto del viaggio sino alla clinica dov'era ricoverata Flavia.

“Quindi l'hai vista? Tu, di persona?”

Vera non tratteneva l'eccitazione.

“L'ho vista, l'ho vista... E per tutto il tempo non ho fatto che pensare a quanto ne abbiamo parlato tu e io, alle tante volte che ci siamo dovuti fermare davanti a lei come dinanzi a un vicolo cieco, una barriera dove si arenava ogni pista. E sapevo di essere al cospetto di un'occasione unica, perché ho sudato a convincere il figlio a portarmi lì. Non mi avrebbe consentito di tornarci.”

“E allora? Che le hai detto? E lei? Che ti ha detto, lei?”

“Il professore non mentiva, Bruno. È malata grave, vive sprofondata in un mondo impenetrabile. Però ho avuto un bel colpo di fortuna, perché ha ammesso l'esistenza di Carlo. E ti posso confermare quello che abbiamo sempre sospettato, cioè che lui e Flavia hanno scelto deliberatamente di tenere il figlio all'oscuro. Ho osservato Malchiodi con attenzione, e ti garantisco che era assai più sorpreso di me.”

Bruno fece una smorfia.

“Incredibile, però, che lui si sia bevuto la favoletta del papà in marina e morto all'estero. Certo, bisogna ammettere che il professore era pure giustificato a crederlo, del resto i certificati registrati all'anagrafe lo riportano come figlio di Francesco Malchiodi. Ho avuto torto io, a criticarti per l'insistenza testarda a voler seguire questa traccia. Non immaginavo che ci fosse dietro qualcuno di così potente da costruire un'identità falsa con tale perfezione."

Vera sembrò non aver colto l'ammissione di colpa di Terenzi. Era assorta in altri ragionamenti, in nuove congetture.

"Oggi Flavia ha detto che lei e Carlo hanno fatto ciò che era meglio per il bambino, come se Andrea, che era lì, fosse ancora piccolo. Dal suo punto di vista con ogni probabilità è così."

Bruno tentò di ricondurla con i piedi per terra.

"Ascoltami bene, Vera. La conferma dell'esistenza di Carlo non basta. Sì, adesso sappiamo di avere avuto ragione, ma non abbiamo idea della cosa più importante: quale sia l'identità attuale di Carlo, e soprattutto dove si trovi. In effetti, potrebbe anche essere morto."

Vera si alzò e prese a camminare avanti e indietro.

"No, non penso. Sono convinta invece che sia vivo. E che non sia al corrente delle condizioni di Flavia."

L'ex poliziotto guardava Vera fare su e giù con evidente sconcerto.

"Per favore, fermati, mi stai facendo venire la nausea! Come fai a dire che non sa come sta Flavia? E poi ai nostri fini che cambia?"

Vera si fermò di botto.

"Ragiona, Bruno. Se esiste un canale di comunicazione fra loro, è nascosto, cifrato, univoco. Altrimenti l'avremmo scoperto da un pezzo, noi o chiunque stia indagando o abbia indagato sui terroristi in fuga. Di sicuro Flavia non poteva scrivere né telefonare. Ma ricevere sì. Sappiamo che le sono pervenuti dei soldi, e poi ha parlato di Carlo come se fosse presente. Quindi lui comunica con Flavia, te lo dico io."

"Be', mi pare una conclusione un po' forzata, ma come diciamo sempre..."

"...non stiamo preparando un processo, no. E comunque, non sono venuta a scuoterti dal tuo sonno precoce soltanto per questo. C'è ben altro."

L'ex poliziotto corrugò la fronte.

"Cosa?"

La giornalista tornò a sedersi.

"Domani mattina, alle nove, ho un appuntamento con Andrea Malchiodi. E indovina? Andiamo a fare una perquisizione nell'appartamento di Flavia."

Fu il turno di Bruno di alzarsi di scatto e mettersi a camminare su e giù.

"Ma è una bomba, Vera! La sua casa potrebbe custodire la risposta a tutto ciò che inseguiamo da anni!"

"E non ti ho ancora rivelato la cosa più clamorosa: Flavia ha fatto un nome. Potrebbe essere quello della persona che ha tenuto in piedi la comunicazione fra lei e Carlo. Ha detto che dove sia l'uomo lo sa una certa Odile."

"Uhm... Un nome francese... Quindi, la Francia. Come abbiamo sempre pensato noi due, per via della dottrina Mitterrand."

"Sì, così ho immaginato anch'io. Ma la Francia è immensa: individuare uno che ha già cambiato identità, e che potrebbe benissimo averlo rifatto sapendo di essere ricercato, sarebbe come voler trovare un ago in un pagliaio. Facciamo un passo alla volta: domani proverò a individuare in casa di Flavia un modo per risalire alla fantomatica Odile, poi vedremo."

Bruno tornò lento alla poltrona e vi si abbandonò.

"Abbiamo parlato tanto di questa storia, piccola mia. E mi pare che siamo giunti più o meno al capolinea. Adesso, però, dobbiamo porci una domanda per la quale forse non possiamo avere la stessa risposta, tu e io."

"Che intendi?"

"Io voglio risolvere un caso rimasto intrappolato per anni dentro un muro di silenzio, alla cui costruzione hanno di sicuro partecipato poteri a me ignoti. Quindi voglio qualcuno da interrogare, per fargli confessare chi lo ha mandato a massacrare due innocenti. Tu invece cosa vuoi?"

"Io voglio sapere perché un ragazzo di ventotto anni, il quale neppure sapeva che sarebbe diventato padre, è morto in modo orribile una domenica di maggio. E voglio che chi deve pagare paghi."

"E allora devi farmi una promessa, Vera. Giurami che starai attenta, che non correrai rischi. Abbiamo a che fare con assassini senza scrupoli: hanno già ucciso, e non esiterebbero a farlo ancora. Ti ho condotto io fin qui, e dovrò essere io il primo a sapere se Carlo Malavasi è vivo e dove si trova. Giura."

Vera non lo aveva mai sentito così deciso. Fu scossa da un brivido. Si alzò.

"Domani andrò a perquisire la casa di Flavia e tenterò di capire come arrivare a Odile, chiunque essa sia. Poi ti dirò tutto. Un passo alla volta, Bruno. Un passo alla volta."

Gli diede un bacio sulla guancia e se ne andò.

XXXII

Di tutti i monumenti della capitale, all'uomo noto come Salvatore quello è sempre parso il più singolare.

Non il monumento in sé, in effetti. Gli antichi erano facilmente influenzabili da superstizioni e credenze, ed era normale che tali bizzarrie ne condizionassero la quotidianità. Ma che oggi, nell'epoca della scienza e della tecnologia più avveniristica, miriadi di persone si precipitino da ogni parte del mondo assiepandosi in file chilometriche pur di infilare una mano in bocca a un'enorme maschera di marmo attaccata a un muro, a lui sembra un'idiozia clamorosa. L'obiettivo, riflette Salvatore, è solo di farsi immortalare in un'istantanea da esibire con orgoglio ad amici e parenti. Nella convinzione che, se di un fatto non si produce documentazione fotografica, in pratica è come se non avesse mai avuto luogo.

Nel suo caso, è l'esatto contrario: ciò che Salvatore fa accadere non deve essere documentato, tantomeno documentabile.

Appena lo scorge, il giovane prete con cui ha appuntamento si stacca dalla coda e gli va incontro. L'espressione impenetrabile non è mutata rispetto alla volta precedente, ma l'occhio esperto di Salvatore riconosce i segni di una tensione ben maggiore: il sacerdote è terreo, si muove a scatti, si morde di continuo il labbro.

L'uomo lo segue fino a una panchina lì vicino.

"Grazie di essere venuto subito, Salvatore. Avevo bisogno di parlarle con urgenza."

L'altro annuisce, grave.

A dispetto di quanto ha appena affermato, però, il giovane prete non ha l'aria di voler entrare presto in argomento. Fa scorrere lo sguardo sulla folla in attesa di accedere al mascherone marmoreo, esposto all'esterno di una chiesa.

"Non è assurdo? Ore di fila per mettere una mano dentro quella bocca gigantesca e vedere se sul serio, se non dici la verità, viene mozzata come racconta la leggenda. La gente ci credeva nell'antichità e sotto sotto ci crede ancora. Basta osservare le facce di chi fa scivolare dentro le dita, piano, con prudenza: c'è sempre un minimo di preoccupazione. Perché in fondo siamo tutti bugiardi. Chi più, chi meno." Si gira verso di lui. Adesso il viso è freddo come una lama. "Abbiamo un problema. E riguarda la nota questione della ragazza."

Salvatore l'aveva intuito, perché le modalità della convocazione erano state le stesse di allora. Ma sono ormai trascorsi mesi, e non gli risulta che l'operazione abbia avuto strascichi.

"Abbiamo fatto un lavoro pulito, padre. Glielo garantisco. Ed escludo che qualcuno..."

"E secondo lei saremmo qui a discutere, se ci fossero dubbi sulla qualità del lavoro svolto? Pensa di essere l'unico agente in grado di operare in quel senso?"

Salvatore tace, inespressivo. L'altro riprende.

"Il punto è che la madre non si rassegna, e seguita a premere perché si insista nella ricerca."

"Purtroppo, padre, come da sue indicazioni, ho dovuto agire in fretta e in maniera molto... radicale. In circostanze diverse, se avessi avuto più tempo, avrei fatto predisporre una o più lettere di addio, curando di spedirle da località distanti per far supporre un espatrio, una fuga d'amore o..."

Il prete ha un moto di insofferenza.

"Mi scusi, ma adesso conta molto poco ciò che avrebbe fatto e non ha potuto fare. Conta invece che bisogna fronteggiare una situazione che può rivelarsi assai pericolosa."

Salvatore abbassa la testa, contrito.

"Sì, padre. Mi è chiaro. Dica pure."

"Come sa, abbiamo svariati infiltrati, nelle procure come nelle questure. Pur nell'estrema delicatezza della circostanza, avevo inserito il nominativo della ragazza tra le – diciamo così – *questioni d'interesse*, con l'indicazione di riferire soltanto a me eventuali novità. Così, il nostro contatto presso l'ufficio di Giovanni Contini, il magistrato della procura di zona che ha interloquito con la madre della giovane, ha segnalato un'evoluzione della vicenda."

"Un'evoluzione? E rispetto a che?"

Il prete si agita, infastidito.

"Rispetto alla normale procedura, è evidente. Che avrebbe dovuto concludersi con la dichiarazione di allontanamento volontario e la conseguente archiviazione del fascicolo."

Salvatore è perplesso.

"Padre, mi sono occupato io stesso di verificare che il soggetto non avesse appuntamenti, frequentazioni o amicizie che potessero rappresentare un rischio per l'operazione. Perciò escludo che..."

"Sta di fatto che dal mio contatto presso quella procura ho appreso che il pm Contini, su indicazione della madre della ragazza, ha deciso di indagare di persona su una figura che potrebbe essere al corrente di dettagli significativi."

L'agente sgrana gli occhi.

"Di persona? Cioè, senza avvalersi di polizia né carabinieri? Per una cosa tanto marginale come l'allontanamento volontario di una maggiorenne? Io non credo che..."

"Il mio contatto, che poi è la segretaria di questo Contini, mi ha fornito elementi preziosi sull'esito dell'indagine. Di negativo c'è il forte coinvolgimento umano del magistrato, un sostituto procuratore alle prime armi che ha finito col prendere a cuore la disperazione di questa madre. La donna respinge l'ipotesi dell'allontanamento volontario della figlia, quindi non smette di fare pressioni e, a detta della mia interlocutrice, la conseguenza è che Contini non intende mollare l'inchiesta."

"Padre, io escludo che..."

"Lei esclude sempre, ma qualcosa sotto c'è. Pare che la figura indicata dalla madre come a possibile conoscenza dei fatti viaggiasse insieme alla ragazza, sull'autobus col quale veniva qui nella capitale."

"Ah, bene! Non sarà difficile risalire all'identità, me ne posso occupare subito e..."

Il prete fa un cenno di diniego.

"Sarebbe il modo più sbagliato di procedere."

L'altro si ritrae, quasi fosse stato schiaffeggiato.

"In che senso, padre?"

Il prete lo fissa, triste.

"Mi delude, Salvatore. E parecchio, anche. Se lei fosse un magistrato che sta indagando su un'ipotetica scomparsa, cosa penserebbe se, d'improvviso, scoprisse che persino un'altra persona teoricamente al corrente di eventuali retroscena è sparita?"

Salvatore riflette. E sì, il prete ha ragione.

"Ma allora..."

"Allora bisogna scongiurare che chicchessia si presenti dal magistrato, rivelandogli che la ragazza aveva una relazione con un cardinale di santa romana chiesa. Perdipiù preposto alla funzione più importante e riservata dell'intera istituzione ecclesiastica."

Da lontano, giunge la risata fragorosa di una turista che ha appena infilato la mano nella bocca del mascherone di marmo.

"Ho capito, padre. Credo di avere la soluzione. Parlerò oggi stesso con..."

Il prete scatta in piedi.

"Non mi interessa con chi parlerà. Mi interessa che la situazione sia risolta. Metta in campo ogni risorsa, garantisca ciò che vuole a chi vuole, ma non mi faccia più arrivare strascichi di questa vicenda sulla scrivania."

E si allontana.

In fretta.

XXXIII

Alle nove in punto, come concordato, si ritrovarono nel bar sotto casa di Flavia.

Era una zona residenziale, tranquilla e poco trafficata. Vi sorgevano edifici costruiti tra la fine dell'Ottocento e gli anni quaranta del Novecento, insieme a rari casermoni risalenti all'epoca delle "mani sulla città", otto piani e guardiola del portinaio all'esterno.

L'appartamento di Flavia era in uno stabile della prima categoria: una palazzina liberty bassa e ben ristrutturata, di un rassicurante rosso scuro.

Andrea salutò Vera con un cenno del capo e le domandò se gradisse qualcosa. La donna optò per un caffè amaro, Andrea ne prese uno molto zuccherato.

Stettero in silenzio. Tesi entrambi, assai nervosi per ragioni differenti.

La giornalista era carica di aspettative. Era finalmente prossima a un'ispezione che aveva voluto con tutta se stessa; per certi versi, un sogno che si realizzava. Ma adesso era anche piena di paure. Se Flavia avesse solo straparlato per la malattia, come il figlio sosteneva, e non avesse tenuto nessun contatto con Malavasi? E se invece il contatto fosse avvenuto, ma non ne esistevano evidenze? E se ciò fosse accaduto finché Flavia era stata in sensi, e lui ora fosse morto o si fosse trasferito di nuovo?

Era un altro, però, l'assillo che più di tutti terrorizzava Vera, al punto di averla tenuta sveglia per l'intera notte: che cosa sarebbe successo dopo, se non avesse trovato nulla? Lei e Bruno avevano riposto in quella pista ogni speranza residua di reperire tracce di Carlo Malavasi. E se il sopralluogo non avesse portato a niente? Vera, peraltro, non aveva alcuna esperienza di perlustrazioni, ignorava il modo corretto di condurne una. E se l'indizio giusto le fosse passato sotto il naso senza che lei se ne accorgesse?

Dal canto suo, Andrea sentiva il cuore stretto in una morsa. Dacché la madre era stata ricoverata, era tornato di rado lì in casa, e soltanto per prelevare oggetti o indumenti da portarle in clinica. Ogni volta cercava di fuggire il prima possibile, tormentato com'era dal disagio profondo che gli procurava attardarsi fra le mura materne.

Eppure, vi era cresciuto. Le prime amicizie, la prima fidanzatina, le interminabili partite di calcio nel quartiere; tutto era avvenuto in quell'appartamento e in quelle strade. E in ogni ricordo era presente l'espressione intenerita di Flavia, sua madre.

Forse il disagio di Andrea derivava proprio dal fatto che la donna da cui tanto era stato amato si fosse ormai dissolta, persa dietro un viso inespressivo, dentro parole senza senso, in un'esistenza misteriosa e ignota. E adesso il professore aveva pure scoperto di aver forse vissuto nella menzogna, perché il padre non solo poteva non essere morto, ma addirittura essere un assassino. Di più: un terrorista. Ad Andrea, insomma, erano stati sottratti la madre e persino il suo stesso passato.

Finirono il caffè e si avviarono. L'ascensore era una cigolante gabbia in legno dalle porte in ferro battuto, che si inerpicava per una tromba di scale immaginata per il passaggio della luce, non certo di una macchina elevatrice. Si arrestò all'ultimo pianerottolo. Andrea tirò fuori un mazzo di chiavi e aprì una pesante porta scura.

Chissà se le case dei vecchi hanno tutte lo stesso odore. Se il sentore di naftalina e muffa, di lavanda e polvere, di stantio e di umido era una mistura comune. Andrea fu sovrastato dalla dolorosa sensazione di estraneità che già lo pervadeva mentre la madre abitava ancora lì. Si ripresentò a opprimerlo il ricordo della testarda e vana battaglia combattuta per non trasferire Flavia in clinica, quando era ancora tenace l'illusione che sarebbe guarita e tornata com'era.

Vera studiava l'ambiente. Chissà dove si era immaginata di finire: in un antro delle streghe forse, oppure in una base di brigatisti con bandiere rosse alle pareti e mitra accatastati negli angoli. Si ritrovò invece in un anonimo saloncino borghese: televisore piazzato davanti a un divano con due poltrone ai lati; e, di fianco, un portariviste stipato di giornali e rotocalchi.

Andrea spalancò la finestra, per far entrare aria fresca. La montagna e il mare apparvero prepotenti, a dominare lo sfondo. Lui restò lì, irrigidito, spalle alla stanza, inspirando forte. Vera ne percepì la tensione, e comprese solo allora quanto fosse insostenibile per l'anima di Malchiodi il peso di quella visita. Si avvicinò e gli disse, piano: "Mi dispiace".

Lui parve non averla udita. Si limitò a voltarsi.

"Questo è il salotto. Poi ci sono la cucina, due bagni e le camere da letto, la mia e... e la sua."

Il tono era neutro, ma a Vera non sfuggì l'esitazione. Si lasciò guidare. La cucina era rimasta pulita e in ordine. Andrea aprì le ante di ogni mobile, dando una sbirciata distratta all'interno e consentendo a Vera di muoversi come voleva. Il professore manteneva la promessa fatta, ma era convinto che non avrebbero scovato nulla perché nulla c'era da scovare. La giornalista aveva pudore a frugare tra le cose di Flavia, ma non intendeva rinunciare all'occasione. Pensò a Bruno, a come avrebbe condotto la perlustrazione. Cercò di memorizzare suppellettili e collocazione di arredi e oggetti.

Dai bagni era stato rimosso tutto ciò che poteva servire a Flavia in clinica. Erano due ambienti desolati e tristi: in uno regnava una lavatrice enorme, nell'altro un odore nauseabondo di fognatura. Ne uscirono subito.

Andrea si fermò davanti a una porta chiusa.

"Questa era la mia camera. Non ci dormo da vent'anni. Mamma però non ha mai voluto toccarla, sotto sotto sperava che mi venisse voglia di tornare a stare qui, con lei."

Vera sentì la voce di Andrea rompersi e dovette resistere all'impulso di abbracciarlo. Si domandò se il professore sentisse più la mancanza della madre o quella di se stesso.

Il vano era di medie dimensioni, prendeva luce da una grande finestra. Alle pareti, poster di calciatori in maglia azzurra con una N nel logo sul petto; altri degli 883 e di Zucchero, insieme a una gigantografia di Whitney Houston. Andrea seguì lo sguardo di Vera posarsi sul ritratto dell'artista americana, e si mise sulla difensiva.

"Be'? Era bellissima, mica solo brava. Quando è morta ho pianto senza vergogna."

Sopra una scrivania ingombra di libri, erano fissate tre mensole stracolme di coppe e medaglie. All'occhiata interrogativa di Vera, Andrea si strinse nelle spalle.

"Mi piace correre, giocare a tennis... E non ero un cattivo calciatore. Perché, non si può essere pure un bravo sportivo, se si fa il professore di storia medioevale?"

Passarono oltre. Se qualcosa c'era, stava di sicuro nella stanza in fondo al corridoio. La stanza di Flavia.

Il cassettone, sormontato da una specchiera, era vuoto e coperto di polvere. Solo gli ultimi cassetti custodivano della biancheria ingiallita. Andrea avvertì in Vera un riguardo misto a curiosità, e li sgombrò del tutto. Non contenevano altro.

Sfogliarono i volumi che riempivano una libreria, e nemmeno lì c'era nulla. Guardarono nei comodini, sotto il letto e dietro la testiera, spostarono il materasso. Niente di niente.

Aprirono infine un armadio. Vi erano appesi pochi vestiti di foggia antiquata, un impermeabile e un cappotto dal collo in pelliccia. Andrea passò una mano su un abito a fiori un po' liso.

Non disse una parola. Soltanto quella dolce, lunga carezza a una stoffa che doveva suscitare in lui un ricordo struggente. Vera provò una stretta al cuore e, in silenzio, chiese di nuovo perdono al professore per averlo costretto a tanto strazio.

Poi Andrea richiuse le ante, e Vera intuì una specie di tintinnio soffocato.

"Aspetta... Puoi aprire e chiudere di nuovo?"

Andrea la fissò interrogativo, ma eseguì. Stavolta non si udì nulla, però aveva fatto piano. Allora Vera si avvicinò e scosse l'armadio. Emerse un rumore lieve, come di sonagliera.

Il professore controllò bene, ma dentro non c'erano oggetti metallici.

Vera si spostò su un lato e studiò il fianco del guardaroba.

"Andrea, vieni qui."

Gli indicò lo spessore del mobile. Visto da lì, era molto più profondo di quanto apparisse piazzandosi di fronte.

Malchiodi tolse gli indumenti dalle grucce e li appoggiò sul letto. Dopodiché si accovacciò e si mise a tastare l'interno dell'armadio. Toccò una fessura sul retro, la seguì con le dita: si rivelò una porticina che celava una cavità segreta.

Il professore la spalancò. Davanti ai loro occhi stupefatti si palesarono decine e decine di scatolette di varia foggia e misura, a spanne quasi una quarantina, disposte in bell'ordine su una serie di mensoline. Vera non osò sfiorarle.

"Andrea, puoi prenderne una?"

Colto da un tremito, Malchiodi afferrò una scatola di una ventina di centimetri per dieci, dagli angoli in ottone. Il legno usato per realizzarla doveva essere noce.

La porse a Vera, che la scoperchiò e rischiò di farla cadere appena scoprì ciò che racchiudeva.

Una musica deliziosa, suonata come da un minuscolo pianoforte, riprodusse la *Danza cinese* dello *Schiaccianoci* di Čajkovskij. Tre cinesini con il cappellino a punta cominciarono a ballare secondo complicate, veloci traiettorie senza scontrarsi mai, e alla fine si unirono formando un numero: 47.

Andrea emise un fischio di meraviglia.

"Un carillon..."

Aprì un'altra scatoletta. Una ballerina e un ballerino presero a danzare su una musica che gli parve di riconoscere, e al termine si girarono verso chi ascoltava mostrando il numero 56 scritto sulle spalle.

"Sono dei dannatissimi carillon. Ma quando... Io non ho mai saputo che mia madre li collezionasse. E perché poi nasconderli? Perché tenerli qui dietro?"

Vera si sforzava di comprendere. Continuava a spostare gli occhi dalla scatola che stringeva fra le dita a quella che teneva Andrea. E su quei numeri: 47, 56.

Di colpo, il cuore le pulsò a cento e più battiti. Aveva capito a chi appartenevano le mani che avevano costruito quell'oggetto. Erano le stesse mani che avevano fatto saltare in aria suo padre.

Ritrovò con difficoltà la voce.

"Non li collezionava, Andrea. Flavia li riceveva in regalo. A ogni compleanno. Questo è per quando ha compiuto quarantasette anni... E questo per quando ne ha compiuti cinquantasei..."

Andrea non poteva crederci. Allora tornò ad aprire una scatola a caso, attese che il carillon che conteneva completasse la rotazione. E alla fine, ecco comparire di nuovo un numero: 68.

Vera si coprì il viso, incapace di guardare.

Andrea era smarrito.

“Ma… ma che vuol dire? Quel tizio… Quel Carlo, dovunque sia, le manda un carillon a ogni compleanno? E lei li nasconde qui dietro? E come…”

“Forse glieli ha fatti recapitare da un corriere, avvalendosi di chissà quale stratagemma per rendere impossibile risalire al mittente e al luogo da cui partiva l’invio. Però capisci cosa significa, no? Vuol dire che un contatto tra loro c’è, e che… Aspetta un attimo!”

Aveva urlato, e Andrea era sobbalzato.

“Che accidenti ti prende, si può sapere?”

Vera era scattata in piedi.

“Odile! In clinica Flavia ha detto: devi domandarlo a Odile. E io lo so chi è, Odile!”

“E chi accidenti sarebbe?”

La donna sembrava impazzita. Saltellava su e giù per la stanza.

“La conosco benissimo. L’avrò vista cento volte.”

“E me lo dici, per favore, chi cazzo è?”

Lei sorrise.

“Odile è il cigno nero.”

XXXIV

Il rombo della motocicletta, anche al minimo dei giri, si spande forte nella notte. Il quartiere è popolare, niente bar aperti a quell'ora, niente ristoranti tipici con chitarrista e cantante che chiedono una mancia per andare via e non disturbare oltre.

Anziani e famiglie con figli piccoli: ecco la popolazione del posto. Qui si combatte per mangiare, non si fa tardi la sera. Perciò una moto di notte, anche se cerca di fare piano, si sente.

L'uomo giovane che la guida parcheggia di fianco a un muro scrostato, mette una catena e la serra con un pesante chiavistello. Nel rione è conosciuto, sanno che quel mezzo è il suo, ma non si sa mai: può sempre capitare qualcuno in trasferta nella zona pronto a cogliere l'occasione. E la motocicletta gli serve, eccome se gli serve. Ci fa centinaia di chilometri, almeno due vòlte alla settimana.

Toglie il casco integrale, e lascia che i lunghi capelli indomabili calino liberi sulle spalle del giubbotto in pelle nera. È alto, robusto. Ha mani grosse, da operaio.

Non c'è proprio nessuno, per strada. Tuttavia, l'uomo giovane dai capelli lunghi si sposta sul retro del palazzo ed entra da una porticina ricavata in un'intercapedine. Deve mettersi di profilo, perché il passaggio è angusto. Appena dentro, avverte un movimento e si blocca, ma è solo un gatto che gli corre vicino ai piedi e si dilegua nel buio. Rassicurato, si inerpica per una scala stretta fino a sbucare davanti a una porta.

Estrae delle chiavi agganciate con un moschettone ai pantaloni e apre, attento a non far rumore. Varca la soglia, e richiude in perfetto silenzio il battente dietro di sé. La delicatezza di quelle mani enormi è sorprendente.

Cammina in punta di piedi nell'appartamento immerso nell'oscurità. Tira giù la lampo del giubbotto, un ronzio sottile nella quiete assoluta. Non ha bisogno di vedere, conosce a memoria la posizione di ogni singolo oggetto.

Di colpo, la luce si accende.

L'uomo giovane dai capelli lunghi si blocca a metà di un passo, come un personaggio dei cartoni animati. La stanza illuminata d'improvviso è un piccolo salone con un divano e una poltrona, un televisore, un tavolino, un paio di sedie.

Sulla poltrona c'è una ragazza in vestaglia: aria terrorizzata, occhi sbarrati, labbra tremanti, mani in grembo. Sul divano, il dito ancora sull'interruttore elettrico, c'è un tizio in giacca e cravatta ignoto all'uomo giovane dai capelli lunghi. Anonimo, chioma corta ben pettinata, sbarbato di fresco.

Ha un atteggiamento rassicurante, un bel sorriso stampato sulla faccia.

E una pistola con il silenziatore appoggiata sulle gambe.

"Buonasera, amico mio. Puntualissimo, al solito. Si possono regolare gli orologi sul tuo arrivo qui, due volte alla settimana. Prego, prego. Accomodati. In fondo è casa tua, anche se lo sanno in pochi."

L'uomo giovane dai capelli lunghi fa scivolare la mano verso la tasca, ma il tizio impugna la pistola con un gesto veloce. Più ancora che l'arma, è la perizia del movimento a far capire all'altro di avere di fronte un professionista. Perciò solleva le braccia in segno di resa, e guarda la ragazza.

Lei prova a tranquillizzarlo.

"Sto bene. *Stiamo* bene. Lui è di là, dorme."

Il tizio non si sposta dal divano, né molla più la pistola.

"Allora, vi dico cosa succederà adesso. Tu, amico, ti togli il tuo bel giubbotto e poi ti piazzi su questa sedia, davanti a me, così nessuno potrà alzare un dito senza che io lo veda. D'accordo?"

L'uomo giovane dai capelli lunghi esegue e resta in attesa. Ne conosce molta di gente simile. Il tizio sa il fatto suo: ci metterebbe un attimo a chiudere la faccenda con due colpi secchi, e senza nemmeno svegliare il bambino.

L'altro, che non ha mai smesso di sorridere, lo fissa con una scintilla di curiosità. Ostenta piena padronanza della situazione.

"È un vero piacere incontrarvi. Cominciamo dalla signora, ma solo per un fatto di galanteria, s'intende. Farnese Flavia, nome di battaglia, come piace dire a voi: Marta. Sempre per galanteria non diciamo l'età, ma abbiamo da poco passato i trenta. Così dolce in apparenza, così feroce in realtà: quattro azioni documentate sul campo, almeno tre assai probabili. Rapine, ma mirate al finanziamento della causa, giusto? Altrimenti non si spiegherebbe la scelta di vivere in un tale posto di merda. E ancora, un paio di pestaggi con qualche giannizzero al fianco, ma a comandare le operazioni eri tu, signora. Pure ideologa, a quanto pare: è farina del tuo sacco il testo di alcuni volantini che inneggiano alla lotta armata e all'uccisione di poliziotti e politici, a seguito della condanna da parte del tribunale del popolo. Complimenti."

Negli occhi della ragazza passa un lampo di odio e di fierezza, ma non muove un muscolo.

Il tizio si rivolge ora all'uomo giovane dai capelli lunghi.

"E abbiamo tra noi perfino una stella del firmamento delle bande armate. Malavasi Carlo, benché il nome di battaglia sia Sergio; e come Sergio ti conoscono infatti tutti, nell'ambiente di gentiluomini che frequenti. Sei una leggenda nel comparto degli esplosivi e dei meccanismi a orologeria. In pratica, non scoppia un ordigno nel nostro allegro paese che non passi dalle tue mani o dalla tua consulenza. Peraltro, una vera primula rossa: né una residenza fissa né un domicilio provvisorio. Per convincere una certa persona a dirmi dove trovarti," e fa cenno con il mento alla pistola, "non ho avuto altro modo. E ora veniamo alla ragione per cui sono qui."

Carlo pensa in fretta. Se il tizio – che ha accesso a informazioni classificate – avesse voluto arrestarli, sarebbe venuto con una squadra di teste di cuoio. Se invece l'intenzione fosse stata di ammazzarli, avrebbe già fatto fuori Flavia e il bambino, sparando loro in fronte appena entrato.

Quindi, bisogna tacere e aspettare.

Il tizio allarga ancora di più il sorriso e riprende il suo monologo.

"L'amore... Che cosa grande e meravigliosa, l'amore. Pure due belve sanguinarie, due pazzi ideologizzati nonché vigliacchi e assassini si possono innamorare. E decidere addirittura di mettere su famiglia, in questa città di mare così brulicante di gente da rendere più complicato il rintracciamento. Un lavoro fatto bene, si deve ammettere: casa popolare, quartiere popolare, delinquenti ordinari e camorristi a fare da scudo, centinaia di latitanti in una sola strada, 'figurarsi se ci trovano'. Bravi!"

Carlo lo fissa, inespressivo. Il tizio continua.

"E anche il bambino, il piccolo Andrea, giusto? Bel nome, significa *valoroso*, ma sono certo lo sappiate. Ottimo il sostegno del compagno che lo ha riconosciuto all'anagrafe, l'anziano professor Malchiodi. Un po' difficile far credere che il padre sia lui, giacché ha ottantadue anni, ma come si dice: a caval donato non si guarda in bocca."

Carlo parla. E lo fa con difficoltà, perché balbetta.

"D-d-dimmi chi sei e c-c-cosa v-v-vuoi."

Dalla tasca interna del soprabito, il tizio tira fuori una cartellina piegata a metà e la poggia sul tavolino.

"Oh, alla fine le domande giuste. Quasi giuste, anzi; perché, come è ovvio, non saprai mai chi sono. Ti basta sapere che lavoro per gente che conosce ciò che c'è da conoscere, tipo il vostro bel curriculum custodito qui dentro," indica la cartellina con la canna della pistola, "con tanto di documentazione fotografica. L'argomento chiave, amico mio, è il secondo che hai posto, e cioè che cosa voglio. Perché tu farai quello che *io* voglio. Altrimenti la copia conforme del dossier che vi riguarda, con l'aggiunta di un altro centinaio di pagine che per comodità non mi sono portato dietro, sarà consegnata ai sonnacchiosi agenti che vi danno invano la caccia. E allora tu e la tua gentile signora sarete sbattuti in una bella galera, magari insieme ai vostri omologhi dell'altra parte, così vi farete compagnia rievocando i vecchi tempi. Inutile specificare che la consegna scatterà all'istante, se non mi faccio vivo entro domani a una certa ora. Io sono, per così dire, un *rappresentante diplomatico*. Quindi tu stai parlando con una struttura, non con una persona."

Flavia sospira. Carlo sa che sta lottando contro se stessa per non aggredire il tronfio individuo che occupa il loro divano.

Attende. È sicuro che l'altro riprenderà. E infatti.

"Dunque, io sono qui per salvarvi la vita e il futuro. Per darvi l'opportunità di non trascorrere un'esistenza da topi, e soprattutto per evitare che l'anima innocente – almeno per ora – che dorme di là finisca prima in un orfanotrofio, e poi magari affidato a qualche famiglia di pervertiti. L'altra faccia della medaglia è che, se non accettate l'offerta, la sorte appena descritta sarà anticipata. Diciamo a domani all'alba. O nei prossimi giorni, al più tardi. Sconsiglierei il ricorso a una fuga, perché strade, porti, stazioni e aeroporti sono sotto il nostro totale controllo. È chiaro, sì?"

Nessuna reazione. Il tizio allora riprende.

"Ecco l'offerta. Soldi, anzitutto. Sufficienti per dotarvi di una casa decente, sempre in questa allegra e multiforme città che ben si presta a nascondersi. Soldi per far crescere Andrea in un ambiente selezionato, consentirgli buoni studi, belle amicizie e tutto ciò che questo mondo capitalista latore di diseguaglianze può offrire. Soldi perché la cara Flavia possa fare la signora, lasciandosi alle spalle la terrorista Marta e le sue malefatte. Soldi. Un mucchio di soldi."

I due nemmeno si guardano. Il tizio continua.

"E tu, Malavasi, avrai una nuova identità e nuovi documenti. Dovrai andartene, però sarai ben accolto e ti inserirai senza problemi. Non posso escludere che qualcuno tenti di rintracciarti. E tu sai a chi mi riferisco. Sicché il mio consiglio è di stare in guardia e di non tornare mai più. Ma sarà a vantaggio della tua famiglia, perché avrai salvato compagna e figlio. Non mi pare poco, per uno nella tua situazione."

"E c-c-che dovrei f-f-fare, in c-c-cambio?"

"Oh, niente di diverso dal tuo solito. Altrimenti non ti avremmo cercato, ti pare?"

Carlo attende. Fissa l'altro, che di colpo smette di sorridere.

E senza sorriso, sembra molto più minaccioso.

"Dovrai ammazzare un magistrato."

La frase cade nella quiete della notte. Un cane, da qualche parte, abbaia.

Il tizio si alza, la pistola puntata sui due.

"Domani verrò a prendermi la risposta."

E sparisce, silenzioso com'è arrivato.

XXXV

Vera aveva appena finito di riassumere a uno sbigottito Andrea la storia del *Lago dei cigni*, con la contrapposizione fra Odette, la principessa trasformata in un cigno bianco dal mago Rothbart, e Odile, il suo opposto, che invece era tratteggiata come un cigno nero.

Ora fissavano, muti, le file ordinate di scatoline.

"Che facciamo, Vera? Le apriamo tutte per capire se saltano fuori altri dettagli?"

"Sì, magari. Dopo, però. Per adesso ci basterà controllare la terza, lì."

E indicò una scatola sulla prima mensola.

"Perché proprio quella?"

"Perché è la più grande. Se io dovessi nascondere qualcosa, lo infilerei là dentro."

Andrea annuì e afferrò il contenitore. Era lungo una quarantina di centimetri e largo all'incirca dieci, quanto un astuccio per conservare più orologi, con ogni probabilità la sua funzione originaria finché non era stato adattato a carillon. L'appoggiò sul cassettone e rimase a guardare, esitante. Infine si decise a scoperchiarlo, cercando di scrollarsi di dosso l'orribile sensazione di frugare nell'intimità della madre senza averne diritto.

Vennero fuori le note delicate e metalliche del *Lago dei cigni*. Al centro di un laghetto azzurro, dipinto davanti a uno sfondo di neve e ghiaccio, danzavano una ballerina vestita di nero e un cigno dello stesso colore. Ai due apparve incredibile il funzionamento fluido e naturale, il cigno che si muoveva come una danzatrice e la danzatrice come un cigno. Sembrava una scena con personaggi in carne e ossa, che infondeva una struggente, disperata nostalgia.

Solo quando il balletto si fu concluso con l'usuale comparsa di due numeri e la musica cessò, Vera disse, piano: "Ti presento Odile".

Andrea taceva. Scavava dentro di sé, in cerca di tracce di quel sentimento, quasi ne avesse ereditata una parte. E pensava alla madre, al fatto di non averla mai presa in considerazione come una donna che poteva accompagnarsi a qualcuno. Ecco, la ragione era lì, racchiusa in decine e decine di scatoline nascoste nel doppiofondo di un armadio.

Il professore sollevò la superficie con lago, cigno e ballerina. Il minuscolo meccanismo sottostante occupava meno di un quarto del contenitore. Il resto era pieno di altro.

Vera sussultò, sorpresa. In rotoli stretti da elastici c'erano diverse migliaia di euro in banconote di grosso taglio.

Poi, alcuni foglietti impilati. Andrea li prese e li porse alla giornalista.

"Per favore, leggi tu. Io non ce la faccio."

Vera capì presto che si trattava di biglietti che, anno dopo anno, avevano accompagnato i carillon. Poche frasi imbarazzate, talora malinconiche; sempre traspariva il desiderio di dare coraggio, instillare forza. Non mancava mai una parola per *A.*: una carezza, un bacio, un abbraccio. E in nessun caso si faceva il nome di Flavia, né appariva una firma.

Scorrendo quei piccoli pezzi di carta e consegnandoli via via ad Andrea, Vera toccava con mano il passare degli anni. E anche lei, com'era inevitabile, pensava alla sua, di madre; e a se stessa, a Bruno, all'ossessione che alla fine l'aveva condotta lì, a spiare come una pervertita l'evoluzione triste di un immenso amore interrotto.

D'un tratto si rese conto che anche Carlo e Flavia erano stati vittime. Sì, proprio come Vera. Vittime di ciò che era accaduto una domenica di maggio del 1984. Altrimenti lui non se ne sarebbe mai andato, con tutto l'amore che aveva dentro e che poi aveva conservato così puro nel cuore.

Glielo dicevano i biglietti, e pure i soldi. Ma soprattutto i carillon, progettati sulla spinta di un sentimento smisurato. Ingranaggio dopo ingranaggio. Rotella dopo rotella. Vite dopo vite.

Dovette sforzarsi di tornare concentrata sul padre, il giovanissimo agente scelto Marco Coen; sul boato, sulla solitudine di sua madre, sulla malattia e la morte di lei. E quando sentì montare di nuovo la rabbia fredda che l'aveva incalzata fin lì, cominciò a cercare nei brevissimi testi di Carlo Malavasi un riferimento che ne consentisse la localizzazione.

Ne trovò soltanto uno, labile come un filo sottile teso nell'aria. In uno dei biglietti più recenti, almeno così aveva dedotto Vera dallo stato di conservazione della carta, c'era scritto: "Mi metto seduto al porto, di sera, e guardo quest'altro mare. E penso a te, a voi".

Un porto. E un altro mare. Che cosa poteva significare?

Disse ad Andrea che avrebbero dovuto controllare tutti i carillon. Uno per uno.

L'ora successiva fu un viaggio surreale fra scene campestri, marine e montane, con balletti di danzatori e coreografie di animali. Ascoltarono decine di musiche, alcune sconosciute, altre celebri. La sonata *Al chiaro di luna* fece seguito a una famosa *Ninna nanna*, l'*Aria sulla quarta corda* subentrò a *Per Elisa*. Beethoven, Mozart e Bach si alternavano ad altri compositori attraverso le note del medesimo strumento, che era il cuore lontano di un uomo che non sapeva stendere versi e magari neanche recitarli, ma era capace di creare meccanismi così perfetti da suscitare commozione.

Vera non perdeva di vista l'obiettivo di individuare un indizio che consentisse di localizzare il fuggiasco, ma non era capace di tenere il turbamento a debita distanza. Andrea, invece, si sentiva sprofondare dentro un abisso a lui ignoto dell'animo materno, e avrebbe voluto correre ad abbracciare Flavia, e non staccarsene mai, ora che se n'era andata in un mondo dove non poteva più raggiungerla.

Procedettero con ordine, anche perché i carillon erano disposti in progressione cronologica. E fu il terz'ultimo a far deflagrare la bomba.

In apparenza era uguale agli altri: una scatola lunga una ventina di centimetri, profonda la metà e alta circa otto. Legno scuro, chiusura in oro, cardini bruniti. Andrea l'aprì, e ai suoi occhi e a quelli di Vera fu subito evidente la diversità: all'interno non c'era il consueto paesaggio naturale, e nemmeno ballerini, animaletti o cinesini danzanti. E la musica non era una composizione classica.

La scena era divisa in due sezioni, con un personaggio per ciascuna. Da un lato c'era un lungomare con un muretto e un lampione, e sullo sfondo, nell'azzurro, la sagoma di un vulcano. Di fronte, una panchina sulla quale sedeva una ragazza. Vera, d'istinto, girò lo sguardo verso la foto incorniciata sul comodino, nella quale una giovane Flavia sorrideva felice immersa nello stesso panorama, con un piccolissimo Andrea in braccio.

Dall'altro lato, un uomo robusto dai capelli lunghi stava seduto al tavolino di un bar, con una tazza di caffè davanti.

I due personaggi si guardavano, da lontano.

Con la mano tremante, Andrea diede la carica. E partì la musica.

Era una canzone. *The Way We Were*, composta per la colonna sonora di un vecchio film, *Come eravamo*. La riconobbero subito entrambi.

I personaggi si alzarono in piedi, e man mano che la melodia progrediva si avvicinavano. Quando furono a un passo l'uno dall'altra, protesero la mano, lei la sinistra e lui la destra. Ma non riuscivano a toccarsi.

Rimasero così per qualche secondo, poi tornarono ciascuno al proprio posto, mentre la musica rallentava fino a spegnersi.

Vera e Andrea restarono immobili come le statuine del carillon, schiacciati dall'immensa pena di chi lo aveva fabbricato. Poi Andrea spezzò il silenzio.

"Guarda i numeri che si sono formati. Corrispondono ai settant'anni di mia madre. Tre anni fa."

Vera rilevò allora un particolare che, distratta dall'emozione, le era sfuggito. Il bar davanti al quale stava seduto l'omino del carillon aveva un'insegna: Café Pierrot.

"Ascolta, Andrea: se tu fossi un italiano in Francia, quale sarebbe per te 'l'altro mare'?"

L'uomo aveva imparato ad assecondare i processi mentali della giornalista pur senza comprenderli fino in fondo. Ci ragionò su, dopodiché si strinse nelle spalle.

"Be', immagino l'Oceano Atlantico. La Francia non ha altri mari: o il Mediterraneo, che è questo, oppure l'Atlantico, che è l'altro."

Vera prese a digitare come una furia sul cellulare.

"Esatto. Quindi ci serve un porto francese sull'Atlantico. Perché Carlo nel biglietto scrive che pensa a Flavia mentre sta seduto al porto, guardando l'altro mare."

Lui sbuffò.

"Ma ce ne saranno tanti di porti, la Francia è vasta. 'Città con porto sull'Atlantico' mi pare una ricerca un po' generica, e..."

Vera non lo ascoltava, presa com'era a scorrere schermate sullo smartphone.

"Certo, sì... C'è La Rochelle, per esempio; e Bénodet, e Piriac-sur-Mer anche... Ma ce n'è una sola con un Café Pierrot. Una sola."

E gli strizzò l'occhio.

XXXVI

Il dottor Contini non riesce a levarsi dalla testa la sua escursione nella capitale.

Un'occasione preziosa, che gli ha permesso di dare un nuovo senso al suo ruolo di magistrato. Si era tristemente abituato, in effetti, a immaginarsi quella professione come limitata a una sterile compilazione di scartoffie; un po' per la tipologia di studi affrontati per poterla svolgere, aridi e finalizzati al superamento di un difficile concorso, e un po' per il trattamento che gli è riservato nella procura della Città dei papi, che è stata la sua prima destinazione. Il povero dottor Contini è infatti ritenuto una specie di collettore fognario di ogni pastoia burocratica. Sulla scrivania gli planano documenti semicompilati da una filiera di nebbiosi uffici, lui li semicompila a propria volta, appone una firma e manda avanti, verso un'ulteriore, nebbiosa filiera.

Si rende conto di essere l'ultimo arrivato. E gli viene il dubbio che nei suoi riguardi non sia perpetrata una sorta di nonnismo in giacca e cravatta, ma che sia invece applicata una normale distribuzione dei compiti sulla base dell'esperienza maturata. Fosse nei panni del procuratore, con ogni probabilità agirebbe nello stesso modo.

Eccedere nel formalismo, però, rischia di allontanare l'interpretazione dei fatti dai fatti stessi. Tutto si riduce a un rientrare oppure no in fattispecie di legge, in precedenti, in articoli dei codici. Al contrario, va considerato l'aspetto umano, che non è affatto un problema collaterale, un difetto, un'alterazione. È la radice, l'origine stessa delle cose.

Il suo lavoro – e il magistrato lo ha compreso soltanto salendo su un autobus prima dell'alba, in compagnia di un piccolo esercito di pendolari – è basato sulle relazioni umane. Che possono avere sfumature infinite, e infinite particolarità.

Quella ragazza, per esempio.

Bea.

Se – invece di essere una commessa che ogni mattina prende un pullman per la capitale – fosse un verbale, un rapporto della polizia o dei carabinieri, sarebbe un "a domanda risponde", o un "il soggetto si è incamminato per la via Tale verso la piazza Talaltra alle ore XY, giungendo a destinazione all'ora Z". E tutto si concluderebbe con un "null'altro da dichiarare".

Non sarebbe di sicuro venuto fuori, pensa Contini, il lampo di incertezza, di paura quasi, che aveva letto negli occhi di Bea. Né la giovane avrebbe esternato tanta spaventosa diffidenza nei suoi confronti, un povero e mite sostituto procuratore che si era dimostrato tutt'altro che aggressivo o pericoloso.

Pur non essendo uno psicoanalista, il magistrato sa che Bea non aveva paura di lui, bensì di qualcos'altro. Qualcosa che vede implicate Crespi Maddalena e la sua scomparsa.

È stata forse un fallimento l'onerosa passeggiata di Contini nella capitale, con la partenza fredda e umida che gli ha lasciato il naso gocciolante e un mal di gola latente? Per niente, si risponde il magistrato.

Perché si era messo in viaggio con la salda convinzione che la ragazza si fosse allontanata volontariamente, inseguendo chissà quale sogno; ed era rientrato aperto all'ipotesi che dietro la sparizione della giovane ci fosse altro. Perlomeno, che Bea immaginasse ci fosse altro.

Gli occhi della signora Crespi, lo capisce adesso, non sono mai stati colmi di smarrimento e di dolore. Sono sempre stati, invece, carichi di un'acuta preoccupazione. La donna *sa* che la figlia si trova in pericolo, rinchiusa da qualche parte; e sa anche che questa è la migliore delle ipotesi, perché *l'altra* ipotesi si consolida ogni giorno di più.

Ma la domanda che ha impedito a Contini di prendere sonno, quella che tuttora lo rallenta nel disbrigo delle pratiche e gli dà disagio, è: che cosa è successo, allora, a Maddalena? Se qualcuno le ha fatto del male, chi è stato? E perché?

Il magistrato ha sottratto al dimenticatoio il fascicolo Crespi, uguale a molti altri affastellati sugli scaffali a pigliare polvere, e adesso lo tiene aperto sulla scrivania. Continua a passare in rassegna gli scarni elementi che vi sono custoditi.

C'è una foto, fornita dalla madre, allegata con una graffetta alle notifiche di accompagnamento alle altre procure, ai posti di polizia e alle stazioni dei carabinieri. Maddalena è felice, nel sole, su una terrazza che dà sui colli. È vestita elegante, di sicuro in quanto ospite di una cerimonia, un ricevimento.

Contini la studia. La signora Crespi, ricorda, gli aveva detto che è la foto più recente della figlia, quella in cui Maddalena ha i capelli della stessa lunghezza di quando è scomparsa. L'aveva scelta per questo. Risale, aveva precisato la donna, a meno di due settimane prima della sparizione.

Il sostituto procuratore riflette sul fatto che a suo tempo l'aveva guardata senza la dovuta attenzione. Aveva rilevato che la ragazza era molto bella. Che aveva l'aria dolce ed era davvero elegante stretta nell'abito scuro.

A essergli sfuggito finora, ragiona Contini, è stato lo sguardo. La gioia, l'entusiasmo che vi si leggono. Non è solo l'espressione di una giovane che ha un futuro radioso davanti, quella. A illuminarla non è soltanto la felicità di essere realizzata negli studi.

Mentre dallo spiraglio della porta penetrano i trilli incessanti dei telefoni e il cicaleccio dei frequentatori della procura, Contini capisce che è lo sguardo di una donna innamorata.

L'idea lo attraversa come una scarica elettrica. E lo sconvolge. Perché gli era sfuggito il particolare più evidente, che balza dalla fotografia e urla al mondo intero un sentimento potente e insopprimibile.

Somma i fatti, raccomanda Contini a se stesso. Metti in fila gli elementi, come ti è stato insegnato. Sii analitico e consequenziale, non ignorare nulla. E non farti influenzare dalle cataste di carte che giacciono sulla scrivania: non lasciare che le priorità cambino, e che le urgenze sbagliate sopprimano quelle giuste.

Se non avesse incrociato gli occhi di Bea, ora nemmeno si sognerebbe di ipotizzare che la ragazza sia al corrente di dettagli importanti per l'indagine. Penserebbe la medesima cosa che aveva pensato Cristina, la segretaria, quando le aveva chiesto di riportargli il fascicolo di Maddalena Crespi, e lei aveva fatto una faccia tra il sorpreso e l'infastidito. Magari reputando che quel ragazzo che sembra un vecchio si stia affezionando a un caso marginale e privo di evidenze, sprecando tempo prezioso.

Ma Bea ha paura, e Maddalena al momento della scomparsa era innamorata. Lo hanno detto con chiarezza gli occhi delle due giovani, a Contini. Che sarà pure l'ultimo arrivato ma è giovane pure lui, e sa dare rilevanza a ciò che vede.

Somma i fatti, metti in fila gli elementi.

Col telefono che squilla, la gente che passa davanti alla porta, il commesso che ogni tanto varca la soglia e aggiunge un incartamento nella vaschetta dei documenti in entrata, mentre l'universo gli gira veloce intorno, il magistrato tiene fra le dita grassocce la fotografia di Maddalena. E le parla. Le chiede: di chi eri innamorata? Chi ti rendeva così felice da illuminarti il viso? Ne hai parlato di sicuro alla tua amica Bea, lo so; l'ho vista chiacchierare con quella matrona dal cappello ridicolo, è una che attira le confidenze, che è contenta di conversare. Ti sei aperta con lei, non ho dubbi.

E allora di che cosa ha paura Bea? Non la frequentavi al di là del viaggio in autobus, corre al lavoro appena arriva nella capitale; non mi pare che vi siate fermate a fare altro, insieme. Ma ti sei aperta con lei, a bordo, e tu da una mattina all'altra sei sparita. Di che cosa ha paura, allora, Bea?

Sa chi è, si risponde il magistrato. Bea sa con chi stavi, di chi eri innamorata.

E se le fa così spavento, dev'essere qualcuno di importante.

Molto importante.

Dallo spiraglio si affaccia il volto materno della segretaria.

"Dottore, posso?" Entra, si chiude la porta alle spalle. "Ha telefonato una certa Bea. Non ha voluto dirmi il cognome, sostiene che lei sa di chi si tratta."

Con la fotografia di Maddalena ancora in mano, Contini annuisce.

"Sì, è vero. Che voleva?"

La donna sembra sconcertata.

"Le deve parlare, ma non qui né nel negozio in cui lavora. Chiede di incontrarla domenica mattina alle undici, nella vecchia cava, e vorrebbe vederla da solo. Richiamerà per avere conferma. Io le ho detto che la domenica lei riposa, ma ha insistito e..."

"Per favore, Cristina, quando richiama le dica che ci sarò senz'altro. E da solo. Grazie, può andare."

XXXVII

Era una traccia labile. Talmente sottile che forse definirla labile era addirittura un'esagerazione, basata com'era su un presupposto che di per sé poteva essere sbagliato: la localizzazione oltralpe del fuggiasco Malavasi in virtù di una *dottrina* posta in essere lì a protezione di ex terroristi italiani. E parimenti fragili erano gli elementi che facevano da puntello: una frase generica scritta su un anonimo biglietto d'auguri, dove si faceva riferimento a un "altro mare" che poteva essere qualsiasi mare; e due figurine di un carillon, frutto della fantasia di uno sconosciuto che magari nel frattempo era pure morto e sepolto.

Ma dopo anni di caparbio inseguimento della verità, la giornalista adesso non aveva nulla più di quella strampalata ed esile pista da seguire. Tanto valeva andare fino in fondo.

La decisione era stata presa in pochi minuti. Per far emergere la realtà dei fatti dovevano andare, e dovevano andare da soli: la figlia di un uomo assassinato quarantuno anni prima e il figlio dell'uomo che forse ne era l'assassino. Sempre ammesso che il presunto assassino fosse vivo. Ammesso che fosse sano di mente. Ammesso che intendesse parlare.

Si presero mezza giornata per pianificare il da farsi. Non era un viaggio da cui si poteva programmare in tempi certi un ritorno, giacché soltanto la soluzione del caso avrebbe reso possibile il rientro.

Per prima cosa, Vera andò da Bruno Terenzi. Il quale, purtroppo per lei, se ne stava al solito parco a dare da mangiare ai piccioni.

Lui l'ascoltò con attenzione, ma si dimostrò stranamente freddo. La donna ne fu sorpresa: come mai l'ex poliziotto non condivideva l'euforia di quella scoperta?

"Mi ricordo com'eri quando ci siamo incontrati, piccola mia. Determinata, entusiasta. Condividevamo la voglia di sapere, di andare fino in fondo. Io ero spinto dal desiderio di concludere ciò che non ero riuscito a portare a termine; tu pretendevi di dare un nome e un cognome a chi aveva massacrato tuo padre. Adesso però, a distanza di tanti anni, mi domando se sia giusto proseguire."

Lei non capiva.

"Ma come, Bruno? Cosa dici? Ormai ci siamo, forse. Resta da affrontare l'ultimo metro, sento che siamo vicini al traguardo, e..."

"Io non ho figli, Vera. Non ho famiglia. Ho soltanto te, e penso che quello che ti appresti a fare sia pericolosissimo. E non sarà certo il disgraziato professore universitario con il quale partirai a poterti garantire protezione."

"Amico mio... Non corro alcun rischio, vedrai. Troveremo Malavasi e gli parleremo. E finalmente mi strapperò dal cervello tutte le domande che mi ossessionano dacché ero una ragazzina."

L'altro scrollò il capo.

"Io sono vecchio, piccola mia. Non ho più alcuna prospettiva davanti. Ma per te è diverso, sei ancora giovane. Non voglio che vada a metterti in bocca a una belva feroce. In fondo non hai nessuna prova, ci hai pensato? Quel criminale può guardarti in faccia e dire: io non ti conosco e nemmeno intendo conoscerti. E tu allora che fai? Prendi una pistola e gli spari?"

"Io non voglio niente di diverso da ciò che ho sempre voluto, Bruno: scoprire cosa c'è dietro. Chi ha avviato la macchina che ha portato alla morte di mio padre e del magistrato Contini. Sono una giornalista: non devo fare giustizia, devo capire. Sta' tranquillo, non mi accadrà niente. Tornerò sana e salva e ti racconterò tutto. Come ho sempre fatto."

Gli diede un bacio sulla testa canuta e se ne andò.

Andrea non ci mise molto a risolvere le questioni pratiche.

In realtà, quanto si accingeva a fare non interessava a molti. Per la figlia bastò un messaggio laconico, col quale l'avvertiva che sarebbe mancato al loro appuntamento settimanale. Fu liquidato con un secco "Ok".

Poi andò all'università e chiese al simpatico direttore del dipartimento di essere esentato dai corsi per una decina di giorni, a causa di un viaggio dovuto a ragioni di salute.

L'uomo nemmeno l'aveva ascoltato, assorto com'era nella lettura di un documento che doveva divertirlo parecchio, a giudicare dal ghigno che gli si allargava sul muso. Malchiodi immaginò che fosse il resoconto delle torture inflitte a un tapino associato di turno, caduto in qualche insidia delittuosa. E quando il direttore si decise ad alzare gli occhi su di lui, si rivelò animato da una curiosità piuttosto blanda.

"Un viaggio? Vi paghiamo troppo, ecco la verità! Un viaggio fuori stagione, addirittura. E per quale motivo?"

Andrea ripeté la giustificazione già esposta, sforzandosi di non mettergli le mani al collo.

"Ragioni di salute. Non è una trasferta di piacere."

L'altro finse partecipazione emotiva.

"Ah, be'... Se la salute è quella di un familiare, risolvi presto e tanti auguri. Se la salute è la tua, facci sapere se dobbiamo sostituirti. Passa le consegne a Luciana."

Abbassò di nuovo la testa sul foglio, dando per conclusa la conversazione. Andrea lo sentì mormorare: "Un viaggio... *Tsk*".

Valutò se piantargli un tagliacarte nella gola. Poi optò per andarsene.

Aveva una visita da fare.

Vera si recò al giornale, ma non salì in redazione. Si piazzò a un tavolino esterno del bar e telefonò a Marcello chiedendogli di raggiungerla.

Lui arrivò dopo pochi minuti, l'aria preoccupata. Si accertò che non ci fossero colleghi intorno. E si sedette di fronte a lei.

"Si può sapere che fine hai fatto, dannazione? È da ieri che l'arpia mi chiede di te. Le ho detto che avevi scoperto la relazione clandestina di un neomelodico e che ci stavi indagando sopra. Lo sai che adora queste fesserie."

Vera sbuffò.

"Che idiota... Ma non importa. Sono venuta a dirti che devo allontanarmi per un po', ho un viaggio da fare. Non so quanto mancherò di preciso. Secondo te come mi posso organizzare col lavoro?"

Marcello si fece attento.

"Che è successo? Mi racconti meglio?"

Vera gli riferì per sommi capi ciò che era accaduto dacché aveva lasciato la redazione insieme ad Andrea. Non entrò nel merito di quanto avevano trovato nell'armadio, né parlò della localizzazione ipotetica di Malavasi.

Lui provò a saperne di più, ma quando si rese conto che Vera non intendeva fare nomi né indicare città, si rassegnò.

"E va bene, quindi farai un viaggetto col tuo professore. Cerca solo di non metterti nei guai. Facciamo così: io convinco l'arpia a ripensarci e butto giù l'inchiesta sugli sfratti dai palazzi sulla costa nord per farci i bed & breakfast. Che fine fanno le famiglie allontanate eccetera. Roba trita e ritrita, lo so, ma almeno giustificherà la lunga assenza. Per la prima settimana dirò che hai chiamato e hai preso le ferie, ne hai ancora di arretrate. Ti copro io, come al solito."

Vera si alzò e gli schioccò un bacio sulla guancia.

"Grazie, Marci. Non so come me la caverei, senza di te. Giuro che quando avrai bisogno tu, io ci sarò."

Lui fece una smorfia.

"Guarda, credo proprio che non succederà. Mai."

Ad Andrea non restava che una cosa da fare, e stavolta non gli pesava. Anzi, ne sentiva un gran desiderio.

Parcheggiò, si avviò a passo svelto. Disse all'infermiere che avrebbe portato la madre a passeggio nel parco, e l'uomo, dopo un attimo di incertezza, assentì. Di norma non era permesso, ma la politica della clinica era di incentivare la compagnia dei parenti. Perciò chiuse un occhio.

Andrea fece indossare a Flavia un soprabito, la prese sottobraccio e la condusse fuori. Lei lo seguì, docile, senza dar cenno di averlo riconosciuto. Ma al professore non importava. Aveva solo bisogno di dare voce a ciò che aveva dentro.

"Ti chiedo perdono, mamma. Tu mi hai messo al centro del mondo e io mi ci sono accomodato, prendendomi tutto senza restituire niente. Non mi sono mai domandato se soffrivi, se facevi sacrifici, se rinunciavi a qualcosa. Non ho mai considerato le tue notti di veglia, le preoccupazioni, il dolore. Mi bastava quello che mi dicevi, perché era sempre rassicurante."

La donna camminava a piccoli passi, lo sguardo sul viale alberato che le si apriva di fronte. Il canto degli uccelli riempiva l'aria, e ogni frattura, ogni lesione sembrava così lontana da non fare paura.

"Avrei dovuto capire che qualcosa di strano c'era. Avrei dovuto indagare, magari non con l'ossessione di Vera, ma almeno chiederti di più, provare a sapere. Forse qualcosa mi avresti rivelato. Forse mi avresti parlato di questo padre andato via. Mi avresti detto di quando avete deciso, se avete deciso. Oppure dell'abbandono, dell'istante in cui ti sei svegliata e non l'hai trovato al tuo fianco. Avremmo potuto discuterne, mamma. Avremmo potuto..."

Un lieve soffio di vento le mosse i capelli sottili, e lui glieli sistemò con una carezza.

"Che peso hai portato da sola, mamma? Piccola come sei, che fardello hai dovuto trascinare? Ho visto i carillon, sai? Ti ho immaginato mentre li ricevevi, uno all'anno. Chissà come ti arrivavano, se te li portava qualcuno o andavi a ritirarli tu da qualche parte. Chissà se gioivi, quando sollevavi il coperchio e sentivi la musica. Chissà se piangevi, se serravi al petto quegli oggetti così vivi. Chissà quanta voglia avevi di parlarne, di condividere."

Flavia stringeva il bavero del soprabito, inespressiva.

"Se avessi saputo, ti avrei chiesto cosa c'è di lui in me, mamma. Se gesti, posture, toni te lo rammentavano, e se era un conforto o una pugnalata accorgersene. E ti avrei chiesto di voi due, del vostro tempo insieme. Se era stato difficile trovarsi, e se sia stato più difficile perdersi. Che peccato non esserci incontrati, tu e io, quando i ricordi non si erano ancora mescolati all'immaginazione, in un territorio che adesso è soltanto tuo."

La fermò, e l'abbracciò. Fu un lungo, dolcissimo abbraccio che non sorprese chi li guardava da lontano, perché in quel posto accadeva spesso di finire allacciati in una stretta straziante in nome di un passato perduto e di un futuro che non ci sarebbe mai stato.

Nel sentire il contatto con l'esile corpo della madre, così noto e così sconosciuto, Andrea pianse.

"Perdonami, mamma. Perdonami come ogni mamma dovrebbe perdonare il figlio di essere stata amata troppo poco, pur avendolo lei troppo amato. Fosse l'ultima cosa che faccio, io porterò questo abbraccio all'uomo di cui sei stata innamorata e che è stato innamorato di te, altrimenti non si spiega la tua solitudine e non si spiegano i suoi carillon. Perdonami..."

La lasciò.

Flavia lo fissò, lo sguardo vuoto. Poi gli sorrise.

“Che begli occhi che hai. Speriamo che il bambino abbia i tuoi occhi.”

E Andrea rabbrividì.

XXXVIII

Trenta minuti.

Il sole batte sulla lamiera luccicante della macchina di servizio.

Il dottor Giovanni Contini esce dal portone e saluta il giovane agente scelto che gli fa da autista.

"Abbi pazienza, Marco. È domenica, magari ti eri organizzato per passare una bella giornata fuori. Mi dispiace tanto, davvero."

L'altro mette in moto e lo rassicura. Con Contini ha un rapporto speciale. Si potrebbe dire di amicizia, se non ci fosse il giusto rispetto della distanza gerarchica.

"Figuratevi, dotto', lo sapete che non è un problema. E poi non dovevo fare niente di importante, solo portare mia moglie al mare. Ci manca, ogni tanto teniamo il bisogno di respirare quell'aria."

Marco viene dal Sud, come i genitori di Contini, ma dalla provincia della metropoli sul mare. I due non smettono di chiacchierare quando sono in auto insieme, e al magistrato piace porre al ragazzo domande sulla sua vita. Sa che è sposato con una giovane che lavora non lontano dalla Città dei papi. Lo diverte l'inflessione, che gli è familiare, specie l'uso del *voi*, un modo di rivolgersi che gli ricorda casa.

"E dici *niente di importante*? Magari l'abbiamo fatta arrabbiare, tua moglie. Per favore, scusami con lei."

"E ci mancherebbe, dotto', voi che chiedete scusa a lei. Me la immagino, si farebbe rossa come un peperone! E poi non ci stanno problemi, ho tante di quelle ferie arretrate che se non c'è un servizio importante prendo una giornata e la porto al mare. La dovreste vedere, è una specie di lucertola: si mette al sole e passa tutta la giornata così, immobile che sembra addormentata. Io invece entro ed esco dall'acqua, vado al bar, passeggio. Mi piace, sì, ma non da stare fermo al sole."

Non c'è molta differenza di età, tra Contini e Marco: ma a volte al magistrato sembra che fra loro passi una generazione intera. Per esempio, adesso non riesce a ricordare l'ultima volta che è andato al mare. E lo deve aver detto ad alta voce, perché Marco reagisce.

"Con tutto il rispetto, dotto', lo sapete quanto vi apprezzo e quanto mi piace il servizio con voi, ma io me lo chiedo sempre: che fate, nel tempo libero? Cioè, voi non guidate, la città è piccola e non ci sta quasi niente di bello la sera, io se non avessi avuto la mia Giulia mi sarei impiccato."

Contini ride.

"Ecco, di impiccarmi non mi è mai venuto in mente, ma grazie del suggerimento!"

Marco cerca di riparare.

"Non volevo dire questo, scusatemi, dotto', non mi permetto, è che una persona come siete voi... Cioè, voglio dire... certo, siete un magistrato, avete una funzione importante, ma siete pure giovane, no? E siete simpatico, brillante. Nel tempo libero..."

Contini sospira.

"Ecco, il tempo libero. È un problema, Marco. Un lavoro come il mio è un gas, non un solido."

"Che volete dire, dotto'?"

"Che un solido, come il tuo lavoro, lo prendi e lo sposti. Oppure ci giri attorno, se è troppo pesante. Lui sta là, lo vedi, ne scorgi i confini, e capisci cos'altro puoi mettere dove lui non c'è. Il mio lavoro invece è come un gas, che si espande e riempie il recipiente in cui lo introduci. Mi sono spiegato?"

Venti minuti.

Marco riflette. Non è molto colto, ma ha una profondità di pensiero che a Contini va a genio, e che rende gradevoli le conversazioni.

"Però, dotto', pure un gas lo controlli, no? Lo puoi confinare appunto in un recipiente, e diventa un solido pure lui. Così potete spostarlo, e vivere la vostra vita. Il lavoro vostro è fondamentale, e magari è pure piacevole, non lo so, lo posso solo immaginare; ma non è neanche giusto che vi levi gli anni più belli, secondo me."

Contini tace. Guarda il paesaggio scorrere dal finestrino. Alberi, case, prati curati, vialetti d'accesso. Qualche contadino al lavoro, coppie a passeggio.

Domenica, riflette. Oggi è domenica, ed è maggio.

"Hai ragione, Marco. Ci penso sempre, ma non lo faccio mai. Forse dovrei cercarmi qualche amico, qualche persona da frequentare."

L'autista imbocca una strada secondaria, che si spinge verso un'area isolata.

"Dotto', se mi posso permettere, io vi inviterei una sera con Giulia e qualche altro amico. Abbiamo trovato – dopo una lunga ricerca, per la verità – un posto che fa una pizza non dico buona, ma decente. Io è l'unica che riesco a mangiare, quando vado in crisi d'astinenza. Che dite, sono troppo sfacciato a invitarvi?"

Dieci minuti.

"No, macché sfacciato. Grazie, anzi. E ti dico che una pizza decente mi farebbe gola. Va bene, mi ritaglio una sera in settimana, ma devo offrire io. Così mi faccio anche perdonare da Giulia per la giornata di oggi."

"A proposito, dotto', ma come mai questa uscita stamattina? Se me lo potete dire, ovvio. Perché l'indirizzo che mi avete dato, di questa cava isolata, è un posto un poco curioso."

Contini annuisce. Marco ha il diritto di essere informato. Qualche dettaglio il magistrato può condividerlo, se non altro per risarcirlo della giornata di festa perduta.

"Mi ha dato appuntamento una ragazza che dovrebbe avere notizie sulla scomparsa di una certa Crespi Maddalena, risalente ad alcuni mesi fa. In procura abbiamo optato per un allontanamento volontario, ma la madre non si rassegna e mi ha segnalato questa persona che potrebbe sapere qualcosa."

Marco si immette in una strada sterrata e polverosa, adibita ai mezzi pesanti che caricano materiale alla cava.

"E perché vi ha dato appuntamento proprio qua, dotto'? Capisco la discrezione, capisco che non voleva farsi vedere in ufficio, ma..."

"Che ti devo dire... L'unica volta che l'ho vista mi ha fatto un'impressione strana. Mi è sembrata impaurita, anzi, terrorizzata. Neanche mi aspettavo che avrebbe richiamato, invece..."

"Forse si è passata una mano sulla coscienza, dotto'. A me succede di notte, se capita qualcosa che per esempio mi fa litigare con Giulia. Quando ci ragiono di notte, è sempre colpa mia."

Cinque minuti.

Contini si guarda attorno. L'auto solleva una nuvola di detriti. Alte pareti brulle circondano uno spiazzo molto vasto. Il magistrato indica un punto non lontano dall'entrata.

"Accosta, Marco. Aspettiamo lì."

Il ragazzo va dove gli segnala il magistrato e spegne il motore. Dai finestrini aperti entra il verso di un uccello lontano. Per il resto, il silenzio è assoluto.

Contini guarda l'orologio.

"Marco, posso chiederti una cosa personale?"

"Sicuro, dotto': tutto quello che volete."

Il magistrato pensa alla fotografia di Maddalena. Non vuole impaurire Bea, ma nemmeno è disposto ad ascoltare bugie. Vuole sapere per quale motivo una ragazza con un'espressione tanto felice può andare incontro a un determinato destino. E certe cose, purtroppo, lui non le sa.

Tre minuti.

"Tu da che cosa lo capisci che tua moglie è innamorata di te?"

Marco prende sul serio la domanda. Non chiede a Contini come mai vuole saperlo. Ci riflette su.

"Dagli occhi, dotto'. Io capisco tutto, dagli occhi di Giulia. Capisco quando è arrabbiata, quando si annoia. Pure quando ha fame, lo capisco dagli occhi."

Dagli occhi, dice fra sé Contini. E rivede quelli di Maddalena, pieni di incontenibile felicità, di fiducia nel futuro.

Ma anche quelli colmi di preoccupazione di Alice, la madre.

E quelli della stessa Bea, carichi di paura.

Metti in fila gli elementi, si ripete. C'è sempre una catena, un collegamento. Se trovi il collegamento, allora e solo allora potrai capire cos'è successo in realtà.

Forse il vero collegamento è proprio tra gli occhi. Devo cercare chi ha reso felice Maddalena, disperata Alice e terrorizzata Bea.

Un minuto.

"E come sono gli occhi di una donna innamorata?"

Marco ride. Anche i suoi occhi, pensa Contini, sono pieni di felicità.

Trenta secondi.

"Sono occhi pieni di luce, dotto'."

Venti secondi.

"Occhi che ti fanno sentire un re."

Dieci.

"Occhi che ti fanno credere che il padrone del mondo sei tu."

Cinque.

Quattro.

Tre.

"Se vedete occhi così, dotto', non vi può succedere niente."

Gli occhi innamorati, pensa Contini. Devo chiedere per chi erano quegli occhi innamorati.

Uno.

Zero.

XXXIX

Mentre percorreva i corridoi che conducevano alle stanze riservate, il cardinale ragionava sul valore delle scelte.

Fin da ragazzino, in seminario, aveva imparato a porsi profondi interrogativi sui limiti dell'agire umano. Dalla determinazione di Adamo ed Eva a nutrirsi del frutto proibito, fino alla decisione di Abramo di sacrificare il figlio Isacco per dare prova della propria fede in Dio, non c'era stato episodio delle sacre scritture che non lo avesse indotto a riflettere sulle conseguenze del libero arbitrio. Ciascun individuo è responsabile delle scelte che opera, e facendosi scudo di questo fatto incontrovertibile si giustificavano morti innocenti, guerre, epidemie, catastrofi naturali. Sono guasti prodotti dagli esseri umani, signore e signori, frutto delle loro scelte esecrabili. Gli effetti devastanti che ne scaturiscono non sono certo voluti da Dio. Dal demonio, piuttosto. O meglio: dalle tentazioni proposte dal demonio. Un argomento sul quale bisognava stare attenti, perché esponeva alla più facile delle obiezioni sulla libertà di scelta: se il demonio può servirsi degli uomini, allora perché Dio non lo fa?

Sottigliezze, pensava il cardinale. In realtà, l'uomo è imperfetto. E nelle fratture presenti in quelle imperfezioni si insinua il Male. E il Male non è che la via al Bene.

Il cardinale scambiò un cenno di saluto con due preti che sopraggiungevano in senso opposto. Non nascose una punta di soddisfazione nel percepire il loro timore, l'ombra di smarrimento che si allargava sui volti.

Il Bene è la conservazione del corpo di Cristo, la chiesa. Era questo il compito del cardinale. Se l'era assegnato lui stesso prima ancora che gli venisse attribuito in via ufficiale, prima ancora che si plasmasse da sé un nuovo ruolo, assai più esteso e ramificato di quello del suo predecessore che pure, quando lui era soltanto un giovane prete, gli era già sembrato enorme.

Perché lo aveva fatto? Per ambizione? Per gusto del potere? Per la forza che gli fluiva nelle vene quando leggeva la paura negli occhi degli altri?

No. Niente di tutto ciò. Il cardinale possedeva quella che chiamava "la Letizia del martello".

Questione di scelte, si ripeté, mentre si avvicinava alla porta in fondo. E lui aveva scelto di mettersi al totale servizio di Dio. Lo asserivano tutti coloro che vestivano l'abito talare, certo. Lo affermavano i seminaristi, le suore che vedeva passare con i vassoi, i vescovi che ricevevano i potenti, i missionari che sgambettavano nel fango sollevandosi la sottana. Però è facile riconoscersi soldati del Bene quando i bambini poveri ti guardano con gratitudine, quando i senzatetto nelle mense ti baciano l'anello, quando gli ammalati dai letti d'ospedale ti fanno ciao con le mani gracili. Gratifica, conforta. Ti fa sentire dalla parte proba.

Diverso è ritenersi soldati del Bene fornendo appoggio a venditori di armi, avallando sanguinosi colpi di stato, adottando misure dalle pesanti ricadute sociali che causano arresti, persecuzioni e omicidi. Li voglio vedere, pensò il cardinale, gli emissari del Bene che aspirano alla santità, guardarsi allo specchio dopo aver disposto simili provvedimenti.

Eppure, gli era chiaro che – stando alle regole del libero arbitrio – tali nefandezze potevano non essere compiute. Lui stesso avrebbe potuto scegliere la via più agevole della bontà conclamata, in virtù della quale accedere a un'assai più rapida conquista della pubblica ammirazione. Il talento non gli mancava: un'intervista al giornale giusto, un'ospitata televisiva alla trasmissione giusta, e i giochi sarebbero stati fatti.

Se ciò fosse avvenuto per ambizione *personale*. Perché, al contrario di quanto si mormorava negli anfratti del palazzo, lui non era mosso affatto da un'ambizione *personale*.

Credevano non sapesse, il cardinale, che il suo nome veniva sussurrato ogni volta che c'era una nomina di peso da fare, o che una posizione cruciale si rendeva vacante? Credevano non sapesse, il cardinale, della convinzione generale che lui ordisse chissà quali trame dietro le quinte?

Idioti! Se davvero fosse stato così, avrebbe impiegato istanti a pianificare un'ascesa irresistibile. E ciò al netto dell'interminabile lista di dossier in suo possesso, in grado di causare la rovina di molti. Ma aveva imparato da chi lo aveva preceduto che distruggere qualcuno se non se ne ha un vantaggio tangibile non è mai utile. Basta che tutti sappiano che sei in grado di farlo.

La dote primaria del cardinale era, appunto, la Letizia del martello. Anche questo era un insegnamento di chi lo aveva preceduto. Un uomo straordinario, sebbene alla prova dei fatti si fosse rivelato piuttosto fragile.

La Letizia del martello è la gioia che si prova nel fare ciò per cui si è portati. Se si è stati creati martello, diceva il suo predecessore, si è felici di picchiare. Non di starsene lucidi in una rastrelliera in mezzo ad altri attrezzi, tantomeno inutilizzati sopra un tavolo da lavoro. Se si è stati creati martello, si è felici di battere su un'incudine, di schiacciare chiodi in un muro, di forgiare metalli incandescenti.

Il martello è felice se fa il martello.

E lui, il cardinale, sapeva di essere un martello. E di esserlo stato fin da giovane, da quando era soltanto un oscuro segretario particolare che viveva all'ombra dell'affascinante predecessore.

Seduto su una poltroncina in raso addossata alla parete, in attesa, ricordò i giorni in cui aveva messo in campo la propria natura a difesa del Bene, per sconfiggere la tentazione. Che non era stata una tentazione sua, beninteso: di lui il demonio aveva di sicuro timore, perché non gli era mai successo di deviare dalla strada principale, né di aver voglia di farlo.

Il demonio era una ragazza dall'espressione dolce. La rammentava nell'unica occasione in cui l'aveva vista, il giorno in cui lei aveva avuto la protervia di presentarsi addirittura tra i banchi della basilica per guardare negli occhi uno strumento di Dio, pensando fosse solo un uomo.

La gratitudine di quello che allora era il suo superiore aveva costituito il primo gradino dell'ascesa del futuro cardinale. Ogni volta che lo sguardo di sua eminenza si posava sul segretario, il giovane prete percepiva l'inquietudine delle domande che avrebbe voluto fargli e non gli faceva.

Cosa ne è stato di lei? Dov'è adesso? Come fai a essere sicuro che non me la ritroverò più davanti? E ancora: di chi ti sei servito, per liberarmene? Davvero non ci saranno strascichi, conseguenze, effetti?

Posso fidarmi di te?

Domande inespresse che avevano galleggiato tra loro fino alla fine, anni dopo, quando una terribile malattia dapprima aveva reso il suo predecessore invalido, e poi lo aveva ucciso. Era stato il futuro cardinale a impartirgli l'ultimo sacramento, e gli occhi parlavano ancora sebbene la bocca fosse muta, e chiedevano risposte che lui non aveva dato, se non in forma di condiscendente carezza. Vai in pace, eminenza. Prenditi il tuo giudizio, per la parte in cui hai dimenticato di essere un martello e ti sei fatto incudine.

Mai il cardinale si era pentito. E del resto, se lo avesse fatto, non avrebbe potuto allargare il proprio raggio d'azione sino a divenire ciò che era adesso: la figura più potente e meno conosciuta dell'intera chiesa cattolica. Istituzione alla cui tutela, peraltro, aveva sempre rivolto ogni pensiero e ogni azione.

Tutto il Bene realizzato dopo, sotto quattro pontefici e talora contro il loro volere senza che il suo ruolo fosse mai messo in discussione, derivava da quanto aveva compiuto in un tempo ormai lontano.

La scelta fatta allora, l'unica sulla propria pelle, l'unica senza la protezione della struttura, l'unica in grado di minare le fondamenta stesse della propria potenza, era all'origine di tutto.

Perciò, appena sentì vibrare il telefono in tasca e lesse quel nome sullo schermo, un nome che riteneva scomparso per sempre eccetto che dalla propria memoria, gli accadde qualcosa che non avrebbe mai ritenuto possibile.

Provò paura.

La porta si aprì.

Sulla soglia si affacciò un ragazzo, assai simile al giovane prete che il cardinale era stato.

"Eminenza, si accomodi, prego. Sua santità l'attende."

XL

L'uomo in cravatta aspetta, appoggiato a un muretto sul lato della strada. A una decina di metri, un gabbiano guarda verso il porto, immobile.

L'uomo non è a proprio agio. È abituato a fissare gli incontri in posti affollati, confuso tra la gente. Chi lo cerca trova conforto quanto lui a essere uno tra tanti. Stavolta, però, non è stato possibile negoziare il luogo. La voce al telefono ha comunicato un indirizzo e ha messo giù. Stop.

E l'indirizzo è quel muretto a mezza costa della metropoli sul mare, né così in alto da godere il panorama da lontano – palazzi, cielo, distesa salata, montagna – né così in basso da esserci dentro – vicoli, piazze, strade, mercati.

Forse è per questo che l'uomo in cravatta non è a proprio agio. Neanche un androne in cui nascondersi, non un gruppo di turisti a cui mischiarsi, nessun frastuono rassicurante in cui gli accenti si mescolano e si sovrappongono.

Solo un muretto, una parete di tufo alle spalle, il porto davanti. E un gabbiano.

All'ora precisa, ecco il rombo di un motore. Cresce e cresce fino a spegnersi. Il motociclista tira giù il cavalletto, toglie il casco integrale e lascia che la lunga chioma ribelle scenda libera sulle spalle.

L'uomo in cravatta tiene una mano in tasca, e l'altro, il giovane dai capelli lunghi, sa perché. Ma non c'è bisogno di alcuna dimostrazione di forza. Sono entrambi consapevoli che sarebbe inutile, al punto in cui sono.

"Come va la famiglia? A casa tutti bene?"

L'uomo giovane dai capelli lunghi lo fulmina con uno sguardo di ghiaccio.

"N-n-non ci provare, s-s-stronzo. Tu non l-l-li devi nemmeno n-n-nominare. Chiaro?"

L'altro ride di gusto.

"Va bene, va bene... Basta che stiano in salute. È importante, nel nostro rapporto. Non te lo scordare."

L'uomo giovane dai capelli lunghi è balbuziente, e parlare gli viene difficile. Ma ha insoliti occhi grigi, quasi trasparenti, e un modo di guardare che esprime gelida consapevolezza. Non è facile infondere inquietudine nell'uomo noto come Salvatore, tuttavia lui ci riesce.

"N-n-non hai m-m-mantenuto la parola. Il t-t-tizio non era solo."

"Non lo sapevamo e non lo potevamo sapere. Era domenica, l'autista non avrebbe dovuto lavorare. E comunque, che ti cambia?"

"M-mi cambia che io n-non sono un v-v-vigliacco assassino come te e i t-tuoi. Qu-questo, mi cambia."

Il sorriso di Salvatore si allarga.

"Dimenticavo che tu sei un soldato della rivoluzione. Uno che opera per la giustizia, per la realizzazione del comunismo nel mondo."

L'uomo giovane dai capelli lunghi protende una mano guantata e serra forte l'avambraccio dell'altro. Una stretta che mozza il fiato.

Salvatore estrae la pistola dalla tasca e gli spinge la canna nel costato. L'arma affonda nella pelle del giubbotto, ma il motociclista nemmeno sbatte le palpebre. Le iridi grigie continuano a trapassare gli occhi di Salvatore.

"Io n-non ho paura di te, né di qu-quelli come te."

L'altro regge lo sguardo.

“E fai male. Perché non sei tu a correre rischi. Perlomeno, non solo tu.”

L’uomo giovane dai capelli lunghi molla la presa. Solo allora la pistola torna nella tasca. Il gabbiano continua a guardare il mare, impassibile.

Salvatore alza e abbassa l’avambraccio intorpidito.

“Non ti cambia niente. L’altro era un poliziotto. E voi li odiate i poliziotti, no? Sono i vostri nemici, l’esercito che combattete, quindi che accidenti vuoi? Uno di meno. E poi lo hai fatto per salvare te e la tua famiglia.”

“R-resta che n-non è quello che t-tu avevi detto. E c-come hai m-mentito una volta, allora p-p-puoi mentire su t-tutto il resto.”

“Ah, ecco il punto. Temi che non manterremo il patto. Be’, ti sbagli. Noi abbiamo una sola parola. E io sono qui per dimostrartelo.” Salvatore tira fuori una busta. “Questi sono i documenti. Passaporto, carta d’identità. Nuovo nome, vedi? Poi ci sono i biglietti dei treni: un viaggio abbastanza macchinoso, la linea retta non conviene. Posso assicurarti che nessuno ti sta cercando, non risulti in alcuna lista, né di primo né di secondo livello. Però non durerà, non possiamo mantenere il controllo per sempre. Devi fare in fretta.”

L’uomo giovane dai capelli lunghi non prende la busta.

“I s-s-soldi. Dimmi dei s-s-soldi.”

L’uomo in cravatta non smette di sorridere, rassicurato. Alla fine si risolve tutto così, pensa. I soldi.

“Nella busta troverai del contante, non tantissimo, non ti conviene andartene in giro con somme ingenti. C’è un biglietto con alcuni indirizzi della città dove andrai, potrai ritirare lì il resto via via che ti serve. All’ultimo di quei recapiti potrai dare il numero del conto corrente che aprirai, e noi cureremo che...”

“Non qu-questi soldi. Gli altri.”

Salvatore annuisce.

"Certo. Quelli per la cara Flavia. L'atto di proprietà della casa è stato già depositato presso il notaio, come concordato. E lo stesso notaio ha in carico la somma che svincolerà due volte all'anno, sempre come concordato."

"Irrevoc-c-cabilmente, vero? C-come d'accordo."

"Sì. Come d'accordo. Tu hai fatto la tua parte e noi facciamo la nostra. E ricorda che il pagamento più importante, invece *molto* revocabile, è il dossier che ti riguarda. È la nostra assicurazione. Perciò, bada che non ti venga in mente niente di strano. Perché a quel punto viene giù tutto. Ti è chiaro?"

Il gabbiano scrolla le ali, con un frullo che fa sobbalzare entrambi. A dimostrazione che la sicurezza che ostentano è solo di facciata.

"N-non farò niente di st-strano, no. Ma anch'io ho la mia as-as-sicurazione."

Nel sorriso di Salvatore si forma un'increspatura.

"E sarebbe?"

L'uomo giovane dai capelli lunghi abbassa la lampo del giubbotto ed estrae dalla tasca interna un pezzo di carta. Lo depone sul muretto e con le dita guantate lo spinge verso Salvatore, il quale lo afferra e lo porta agli occhi.

Impallidisce, e il sorriso si spegne.

È una fotografia. Non sfocata, non mossa, come se i soggetti nell'immagine si fossero messi in posa. Ma Salvatore sa che non è così. Perché uno dei due è lui.

"Che significa... Non dice niente, questa foto. Sono io che parlo con... con..."

"Sì. Tu che p-parli con un p-prete. Anche i miei s-s-sanno fare ricerche, sai? E adesso io s-so chi sei tu, per c-chi lavori e d-dove stanno qu-quelli che ti comandano. Ecco la mia as-sicurazione."

Salvatore è una maschera di sudore.

"Non hai bisogno di nessuna assicurazione, cazzo! Non capisco il senso di queste minacce inutili, e..."

L'uomo giovane dai capelli lunghi afferra la busta e se la mette in tasca.

"Ricorda, st-stronzo. Appena vieni meno alla p-parola data, appena suc-suc-cede qualcosa di s-sbagliato, io vi vengo a prendere. T-tutti e due."

Poi inforca il casco, sale sulla motocicletta e se ne va.

Il gabbiano si alza in volo.

E l'uomo in cravatta resta appoggiato al muretto, da solo, a sudare.

XLI

Avrebbero ricordato quel viaggio per l'intera esistenza. Il suo peso, il valore imprevisto. Il significato che aveva. E quanto contava per entrambi.

Si videro all'aeroporto. All'arrivo avrebbero noleggiato un'auto, per spostarsi fino alla città che avevano individuato.

Erano due persone alla deriva.

Vera, aggrappata a un obiettivo sul quale aveva concentrato tutte le energie. Le notti passate a immaginare come sarebbe stata la vita di un ragazzo di ventotto anni morto mentre si preparava a realizzare la maggior parte dei piccoli sogni che aveva. Sogni che la madre non aveva mai cessato di raccontarle, la voce rotta e gli occhi pieni di lacrime, inconsapevole di aver indirizzato tragicamente la condotta della figlia.

Andrea, convinto di aver edificato le basi di un castello incrollabile che invece era stato raso al suolo dalla delirante maldicenza di una ragazzina mitomane. Non aveva mai smesso di fingere che il passato non esistesse, centrando su se stesso e sulla tetragona stabilità di pochi punti fermi un progetto di vita che si era rivelato fallimentare.

Figli senza padre, e vittime una delle parole, l'altro del silenzio delle rispettive madri.

E adesso, ormai quarantenni, raggiunta l'età in cui in genere si tirano le somme per programmare la discesa, erano invece immersi in un'oscurità minacciosa dalla quale mai avrebbero immaginato di finire inghiottiti.

Avrebbero dovuto viaggiare in silenzio, figli di un assassino e di una vittima com'erano. Avrebbero dovuto diffidare l'uno dell'altra: perché lei contribuiva a terremotare una realtà divenuta difficile, e lui si rifiutava di prendere atto delle ombre di un passato terribile. Invece si parlarono, e un po' alla volta, in fila all'imbarco, intanto che allacciavano le cinture di sicurezza, durante il decollo e mentre il mondo sotto di loro si allontanava, sperimentarono qualcosa di interessante e di bello.

Andrea non volava volentieri. Era agitato. Vera se ne accorse e, anziché fargli coraggio, lo prese in giro. Lui dapprima negò, poi scoppiò a ridere alle battute di lei, facendo sfoggio di una stabilità emotiva che era pura finzione. Vera allora gli elencò una dettagliata serie di disastri aerei, per la gran parte mai avvenuti, e Andrea le sciorinò una varietà infinita di situazioni che avrebbero reso inutile quel viaggio, in primis la loro sicura morte nella caduta dell'aereo.

Vera scoprì che Andrea era ironico e sensibile, ma assai fragile. Andrea che Vera era forte, decisa e anche idealista. E fu chiaro a entrambi che nessuno dei due avrebbe mai potuto condividere con qualcun altro quell'esperienza che minacciava di spaccar loro la vita in due.

Via via che si avvicinavano in auto alla città sull'oceano, la conversazione andò scemando. A un certo punto Andrea spezzò il silenzio.

"Posso farti una domanda?"

Lei fissava la strada. Annuì.

"Che farai, dopo?"

"In che senso?"

"Ammesso che troviamo Carlo Malavasi e che voglia parlare con noi, che cosa farai, dopo? Che succederà?"

La donna rifletté. Non avrebbe saputo dirlo con precisione. Un tempo cercava vendetta; poi avrebbe voluto soltanto capire; infine si era intestardita a voler risalire ai responsabili, convinta com'era che ci fosse dietro un mandante e che Malavasi fosse solo un esecutore. Adesso, forse, voleva solo liberarsi di un'ossessione.

"Non lo so, Andrea. Non lo so. Vediamo cosa succede qui. E tu? Che farai tu, dopo?"

Andrea serrò le labbra. Al contrario di lei, non aveva avuto modo di farsi neanche un'idea minima.

"Nemmeno io lo so. Credo che tornerò da mia madre. Che proverò a proteggerla dal buio in cui sta sprofondando. Glielo devo, no?"

Il navigatore li condusse da una periferia di capannoni ai primi caseggiati di una città grigia, ordinata e malinconica. Poi a un'altra periferia, un dormitorio di case popolari. In ultimo, a un rettilineo.

"È là," disse Andrea.

Parcheggiarono. E restarono fermi per un po', a scrutare il vuoto. Non sarebbero stati più gli stessi, quando tutto fosse finito.

Scesero dall'auto e percorsero a piedi un centinaio di metri. La via sfociava in una piazzetta, dalla quale si diramavano altre due strade. Di fronte a loro, al centro di uno stabile squadrato, si stagliava il Café Pierrot, con una tenda da sole a proteggere i tavolini esterni.

Era così simile alla scena del carillon che ebbero ambedue l'impressione di esserci già stati. Perfino i colori e la luce erano uguali. Ai tavolini, però, non era seduto nessuno.

Aspettarono, all'ombra di una palazzina sul lato opposto della piazzetta, coperti dalle vetture in sosta e dal passaggio di pedoni indifferenti, uomini indaffarati e signore cariche di borse della spesa.

Era tardo pomeriggio, qualche avventore entrò e uscì subito, dopo una consumazione veloce. In nessuno di loro, però, riuscivano a ravvisare le sembianze dell'uomo che stavano cercando.

Alla fine sopraggiunse una donna, pulì con uno straccio i tavoli e impilò le sedie, assicurandole con una catena. Poi rientrò, e al suo posto arrivò un uomo dalle lenti spesse con indosso un grembiule.

Vera e Andrea lo osservarono, perplessi: non era anziano abbastanza e aveva le spalle strette. Non poteva essere lui.

L'uomo avvolse la tenda da sole, abbassò la saracinesca e si avviò verso la stretta traversa laterale.

Locale chiuso, giochi chiusi per quella sera.

I due si incamminarono in silenzio verso l'auto.

"Non ti avvilire, Vera. Andiamo a mangiare qualcosa, prendiamo un albergo e torniamo domani."

Furono parecchio taciturni, durante la cena. La tensione era palpabile: aver individuato con tale facilità il locale li aveva illusi e resi troppo ottimisti. E non essersi imbattuti subito nell'ipotetico Carlo Malavasi, non averlo visto lì fuori come nella scena del carillon, sembrava loro una scorrettezza della sorte.

Nell'aria, poi, aleggiava la domanda che aveva posto Andrea in auto: che avrebbero fatto, adesso? Cosa avrebbero detto a quell'uomo, ammesso che si fosse palesato? E soprattutto, come si sarebbero regolati se lui non ci fosse stato? Se il Café Pierrot si fosse rivelato una semplice coincidenza e loro fossero stati costretti a ripartire a mani vuote?

Presero due stanze in un hotel piccolo e triste, che aveva però il pregio di sorgere a poca distanza dalla piazzetta. Si salutarono con un po' d'imbarazzo e si ritirarono.

Alle due del mattino, Andrea sentì bussare alla porta. Si alzò e andò ad aprire.

"Scusami. Ho freddo, e mi viene da piangere," gli disse Vera.

Lui le tese la mano.

E lei entrò.

XLII

L'uomo chiamato Salvatore presentò i propri documenti all'accesso. Pensava che il cambiamento dei tempi fosse testimoniato più di ogni altra cosa dalla nuova modalità di convocazione.

Fu accompagnato in una triste sala d'aspetto, poi venne a prelevarlo un uomo che si avviò muto lungo un corridoio. Lui lo seguì.

Il tragitto durò almeno cinque minuti. Il tizio che lo precedeva camminava a passo svelto, e non si girò mai per assicurarsi che l'ospite ci fosse ancora. Per fortuna Salvatore si teneva piuttosto in forma per la sua età, e nonostante gli acciacchi derivanti da un'esistenza non certo ordinaria, riuscì a tenere il passo.

Attraversarono corridoi con uffici su entrambi i lati, occupati da gente che digitava furiosa al computer; salirono e scesero rampe di scale, svoltarono angoli, calpestarono moquette alta due dita e antichi pavimenti istoriati. Nell'aria si avvicendavano rumori ovattati, cacofonie di lingue diverse, musica e trasmissioni radio in onda su stazioni straniere. Finalmente, l'uomo che gli faceva da chaperon aprì una porta e chinò il capo quando lo fece entrare, evitando con cura di guardarlo in faccia.

Era una stanza piccola con pesanti parati rosso scuro alle pareti, un divanetto, due poltrone e un tavolino. Il mobilio non appariva in buone condizioni, la tappezzeria era lisa nei punti delle sedute, ma il tavolino almeno era pulito. Si percepiva un lieve odore di polvere e di muffa.

Salvatore, in piedi, pensò che quello era un altro segno del tempo. Se devo venire fin qui, rifletté, almeno il lusso.

Una porta mimetizzata nella parete si spalancò, e il cardinale fece il suo ingresso.

"Salvatore! Ma guarda."

L'altro si inchinò.

"Eminenza, è un piacere ritrovarla."

Il cardinale fece una risatina sarcastica.

"Non credo proprio. E neanche per me lo è, a dire il vero. Quanti anni sono trascorsi? Nemmeno mi ricordo."

Si sedette, e subito si affacciò una giovane suora indiana.

"Due caffè, sorella. E un po' d'acqua, grazie."

Salvatore, che non beveva caffè, si avvicinò a una delle poltrone e aspettò un cenno del cardinale per accomodarsi a propria volta. Attesero che la suora servisse le bevande.

"Trentacinque, eminenza. Sono trentacinque anni che non ci vediamo, limitandoci ai contatti telefonici e ai rapporti che ho prodotto ogni anno."

Il cardinale assentì.

"Esatto. Ne è passata di acqua sotto i ponti... Complimenti, si è mantenuto bene."

L'uomo lasciò scorrere gli occhi sulle vesti del porporato.

"E io, dal canto mio, posso dire che la sua ascesa è stata davvero notevole, eminenza. Con pieno merito, va da sé."

L'altro aveva seguito lo sguardo di Salvatore, e scosse la testa.

"Non ho avuto modo di cambiarmi. Ho appena incontrato sua santità, e lui ci tiene molto alla forma. Mi onora della sua considerazione, e spesso ha necessità di un confronto. Io sono uno che preferisce vestirsi in maniera più sobria, come ricorderà, quindi devo tenere l'alta uniforme a portata di mano. Ho imparato a cambiarmi molto in fretta."

Salvatore si guardò attorno.

"La ringrazio per l'invito, eminenza. Tuttavia all'epoca ci si incontrava in luoghi un po' più anonimi. Una precauzione valida, secondo me."

Il cardinale lo fissò, stringendo le palpebre. Non era abituato a sentirsi criticare nelle scelte, neppure in maniera velata.

"All'epoca, come dice lei, eravamo due sconosciuti che difficilmente, mischiati alla folla, potevano essere identificati. Per lei sarà ancora così, immagino. Per me, no. E se permette, il mio anonimato conta un po' più del suo. Non crede?"

Salvatore incassò, e annuì come se avesse ricevuto un apprezzamento.

Il cardinale poggiò la tazzina vuota sul tavolino.

"Allora, ho ricevuto il messaggio: 'Abbiamo un problema', ha scritto. Mi spieghi meglio, Salvatore: il problema ce l'ha lei oppure ce l'ho io? Perché sarebbe difficile da concepire, un problema che investa entrambi."

L'uomo era preparato a fronteggiare un simile atteggiamento. Non recava novità positive, e la storia insegnava che lì nella grande città, oggi capitale, il latore di cattive notizie faceva una brutta fine. Ma non si poteva fare altrimenti.

"Eminenza, la questione che anni fa ci ha visti operare nella stessa linea di comando, diciamo così, è una sola. E vi facevo riferimento nel mio messaggio. Come sa, non ho mai smesso di seguire la vicenda. E non solo quella, ovvio: il mio compito è sempre stato..."

"Per le altre circostanze non è a me che deve riferire. Quindi si tratta di quell'antica faccenda, che però è stata ben risolta allora, anche se con eccessivo rumore... Tutti gli attori sono scomparsi, a quanto mi risulta. No?"

"No, eminenza. Come ricorderà, lo... strumento di cui ci servimmo nella seconda parte della cosa, relativa all'improvviso impedimento che ci fu..."

"Lo strumento di cui *lei* si servì, Salvatore. E non si può certo definire chirurgico: come sparare a un passero con un cannone. Ma devo ammettere che fu efficace. Sì, efficace. D'altronde erano tempi così, gliene do atto. E questo strumento, diceva?"

"Lo strumento, eminenza, fu liquidato in maniera corretta. Facemmo un accordo, lui andò via e..."

"E fece perdere le sue tracce, sì. Rammento benissimo di aver rimosso io stesso un caposervizio, per tale ragione. Però non ne abbiamo più avuto notizia, no? Quale sarebbe il problema, adesso?"

Salvatore tirò il fiato.

"È che a quanto ci risulta sulla base della rete di sorveglianza, la figlia dell'autista del magistrato di cui all'evento in oggetto, che adesso fa la giornalista, ha svolto un'indagine personale. E potrebbe, dico potrebbe, aver rintracciato lo strumento."

All'angolo dell'occhio destro del cardinale si palesò un tremolio intermittente, una specie di tic.

"Cioè, lei mi sta dicendo che una giornalista, da sola, senza alcun mezzo o appoggio, è riuscita a trovare uno di cui noi, con le risorse che abbiamo a disposizione, non abbiamo saputo più nulla per quarant'anni?"

L'altro allargò le braccia.

"Eminenza, sono colpi di fortuna che possono capitare. E poi, non è proprio da sola."

Il cardinale era impallidito. Le mani diafane e sottili, ferme in grembo, apparivano in pauroso contrasto con il rosso della veste.

"Non è da sola, dice? E con chi è?"

"Con il figlio dello strumento. La sta aiutando."

Il cardinale si alzò, si spostò lento verso la parete. Poi si fermò, spalle alla stanza.

"Il figlio dello strumento... Ma non mi era stato assicurato che sarebbe rimasto all'oscuro dell'identità del padre?

Che la madre non avrebbe mai parlato? Non ho letto in un rapporto di qualche anno fa che la moglie aveva perso le facoltà mentali ed era stata ricoverata in una clinica?"

Allora ti ricordi tutto, disse fra sé Salvatore. Allora sei aggiornato. Allora non cadi dalle nuvole, dopo tanti anni di ingrato silenzio.

"Pare sia stata la donna a informarlo. Credo sia stata lei a risalire alla localizzazione."

Il cardinale si voltò verso di lui. Sembrava un morto.

"E in che modo sarebbe anche un *mio* problema, Salvatore? Per quale motivo io adesso non dovrei cancellare ogni legame o traccia, e scaricare sulle sue spalle questa serie inaccettabile di errori?"

"Perché quell'uomo, eminenza, ha una fotografia che ritrae me e lei in conversazione, scattata all'epoca durante il colloquio che avemmo circa l'incarico che avevo ricevuto. L'istantanea del momento in cui le dicevo di aver ingaggiato chi poteva risolvere il problema."

Al cardinale crollò la mascella. Salvatore avrebbe dovuto occuparsi da solo della soluzione. E se la fotografia fosse stata resa pubblica, i danni non solo personali ma per la stessa Entità sarebbero stati incalcolabili.

La rabbia del cardinale arrivò, ma cedette presto il passo alla freddezza dell'analisi. Come Salvatore si era augurato.

Anni. Anni a preparare questo momento. A curare che tutto andasse per il verso giusto.

Scacco matto, pensò Salvatore.

"Eminenza, certo che me ne posso occupare. E quando tutto sarà risolto, non rimarrà nessuno al corrente di quanto accaduto. Glielo garantisco."

Il cardinale annuì. Poi pose la domanda che Salvatore attendeva.

"Per quale motivo non sono stato informato dell'esistenza di quella fotografia? Come mai non l'ho saputo?"

Salvatore si strinse nelle spalle.

"Mi sarà sfuggito, eminenza. Eravamo così giovani, allora. L'importante era risolvere la questione, e in effetti la risolvemmo. E se tutto fosse andato liscio, non sarebbe stato d'interesse di Malavasi rivelarla. E infatti non l'ha rivelata. Finora."

Da qualche parte, rintoccò una campana.

XLIII

Fu bello.

Fu bellissimo ritrovarsi nella luce di una lampada sul comodino, nella camera d'hotel di una città lontana della cui esistenza erano stati solo vagamente consapevoli, prima di quei caotici, assurdi giorni.

Fu bello guardarsi negli occhi, passando in esame le decine, centinaia di motivi per cui tutto sarebbe dovuto accadere, tranne che quello. E fu bello decidere di non dare ascolto ai campanelli d'allarme che avevano preso a risuonare nelle teste di entrambi.

Fu bello chiudere fuori il mondo.

Fu bello prendere atto che, da sconosciuti, si erano in ultimo riconosciuti, e adesso erano finiti insieme in un presente folle che li aveva colpiti come una bomba oppure un terremoto, e sotto le bombe e col terremoto ci si stringe, cercando una salvezza che magari non arriva ma è umano immaginare.

Fu bello lasciare che curiosità e desiderio vincessero sulla ragione, che le mani sfiorassero i contorni e si stringessero forte, ho paura, disse lei, anch'io, disse lui, e riuscirono persino a ridere, va bene, arriviamo al termine di questa notte e poi vedremo.

Fu bello scoprire di essere vivi, e non era ovvio che lo fossero. E fu bello non domandarsi se ciò che stava succedendo fosse reale, o fosse invece un sogno in mezzo agli incubi di una notte trascorsa sotto altre stelle.

Fu bello restare abbracciati senza più staccarsi. Ché poi era soltanto l'abbraccio stretto a contare, a rassicurarli che tutto era autentico, che così il sole della mattina avrebbe fatto meno paura.

Vera tornò in camera per cambiarsi.

Andrea fece una doccia, muovendosi come ubriaco. Si sarebbero rivisti per la colazione, e lui fu colto dal timore di non scorgere più il sorriso di lei. Cosa le avrebbe risposto se lei avesse fatto finta di niente, cancellando quella notte di cui lui aveva un disperato bisogno, avendo finalmente qualcosa di concreto e puro a cui aggrapparsi nell'oceano in tempesta che era diventata la sua vita?

E invece lei sorrise, e lui l'abbracciò di nuovo, sotto gli sguardi sorpresi di un cameriere assonnato e di un paio di ospiti dell'hotel. E restarono così, avvolti nella fragranza di un caffè annacquato e di croissant fantastici, e sembrò tutto affrontabile. Purché insieme.

Provarono a delineare una strategia, ma era strano affrontare un argomento tanto importante ridendo come due stupidi. Decisero di andare al Café Pierrot e di prendere posto a un tavolino, aspettare un po' e poi nel caso chiedere al proprietario, magari offrendo una buona mancia e assicurando che non avevano intenzioni malvagie. Non vedevano altre possibilità.

Lasciarono l'hotel e raggiunsero la vettura.

Prima ancora che Andrea mettesse in moto, udirono la portiera posteriore aprirsi e subito richiudersi. Poi il professore sentì qualcosa di metallico e freddo appoggiarsi alla nuca. E una voce, bassa e roca.

"N-non vi v-voltate. V-vai dove ti dico io."

Andrea non si mosse, allora l'oggetto metallico diede un colpetto doloroso. Vera, che qualcosa intravedeva con la coda dell'occhio, si rivolse a Malchiodi.

“Fa’ come ti dice, per carità. Ha una pistola.”

Andrea inserì la freccia e uscì dal parcheggio, avviandosi lento lungo un viale. La voce roca dava indicazioni secche, destra, sinistra, diritto, rallenta.

Vera teneva le mani in grembo, torcendole per la tensione.

“Non abbiamo cattive intenzioni, siamo qui per...”

“Z-z-zitta. S-stai zitta. Parlerai d-d-dopo.”

Il percorso non fu breve. Le zone diventarono sempre più periferiche, poi gli edifici andarono diradandosi e il percorso si fece meno lineare.

Andrea provò a rabbonirlo.

“Se vuoi dei soldi, la macchina o altro, ti lasciamo tutto e andiamo via.”

L’uomo non rispose, ma accentuò la pressione della canna sulla nuca. Nessuno parlò più.

A un certo punto la strada diventò costiera, sopraelevata rispetto al mare. Si vedevano spiagge, acqua, e qualche raro stabilimento. La stagione non era balneare, la giornata era feriale e non c’era quasi nessuno. Proseguirono, fino a nuovo ordine.

“G-gira qu-qua.”

Era un sentiero in discesa. Sfociò in un piazzale sterrato e deserto. Nessun edificio, nessuna struttura.

“Sp-spegni il motore, e sc-scendete dall’auto.”

Obbedirono. Fuori, gli unici suoni erano il fischio del vento, lo sciabordio delle onde e il verso dei gabbiani.

Si misero l’una di fianco all’altro. L’uomo, pistola in pugno, rimase in piedi davanti a loro.

“A-adesso mi dite chi s-siete.”

Andrea si rese conto che, se avesse deciso di ucciderli, lasciandoli lì e fuggendo con l’automobile, ci sarebbero volute settimane per ritrovare i loro corpi. La strada principale era assai lontana, ed erano circondati da una fitta sterpaglia. Il posto era stato scelto bene.

Vera taceva. E ragionava. Di certo, non avevano a che fare con un rapinatore. Si chiese come mai con loro avesse parlato subito in italiano, come fosse consapevole della loro lingua.

E la risposta poteva essere soltanto una.

"Andrea, levati gli occhiali."

Malchiodi guardò Vera, sorpreso dal suo tono così perentorio. Poi eseguì l'ordine e tolse le lenti da sole.

E in quel momento, Carlo Malavasi seppe chi era Andrea. Vera lo aveva previsto, e aveva scelto il modo più diretto e concreto per comunicarlo.

Gli occhi dei due uomini erano identici.

L'impaurito professore e l'uomo massiccio e irsuto dalla barba e la chioma candide avevano le iridi dello stesso colore.

Grigio chiaro, così particolare, così raro.

Restarono muti a fissarsi.

E Vera sciolse l'enigma.

"Non credo ci sia bisogno di dirti chi è lui, Carlo Malavasi. Invece devo dirti chi sono io: è tutta la vita che aspetto di farlo guardandoti in faccia."

Carlo distolse con difficoltà lo sguardo da quello del figlio e concentrò l'attenzione su di lei.

"Sono Vera. La figlia di Marco Coen, agente scelto della polizia di stato rimasto ucciso a ventotto anni nell'esplosione in cui morì anche Giovanni Contini, magistrato. Domenica, 13 maggio 1984, alle undici. Immagino tu conosca bene l'episodio. O sbaglio?"

Il mare, il vento e i gabbiani non smisero di riecheggiare, ma i tre esseri umani non dissero niente.

Poi il vecchio aprì bocca, e sembrò parlare a se stesso.

"Non c-ci doveva essere. Mi a-avevano assicurato che il m-magistrato sarebbe stato solo. Non l'avrei fatto, almeno non c-così."

Abbassò l'arma.

Poi si mise una mano sulla faccia.

"Sono c-così st-stanco."

Si sedette a terra, nella polvere.

Vera e Andrea si fissarono, poi si avvicinarono e si sedettero di fronte a lui.

E Carlo Malavasi, dopo quarant'anni, parlò.

XLIV

L'avrei usata, questa pistola. L'avrei usata contro chiunque fosse riemerso dal passato. L'ho pensato tante volte.

Nelle notti senza sonno dei primi anni, quando immaginavo che mi avrebbero rintracciato. Perché mi cercavano, dovevano essere sicuri che la mia voce balbettante, le mie parole che vengono fuori con tanta difficoltà, non avrebbero detto ciò che potevano dire.

Poi il tempo passava, e nessuno veniva. Poteva significare solo due cose: che mi ero nascosto talmente bene da essere diventato invisibile, oppure che avevano smesso di cercarmi.

Poteva anche dire, però, che chi aveva interesse a trovarmi era morto, finendo dritto all'inferno che si era meritato. Poteva essere, ma ci credevo di meno. Non li vogliono dall'altra parte, quelli così.

L'avrei usata anche adesso. Non perché abbia qualcosa da difendere, non perché abbia voglia di preservare quanto ho costruito. Perché io non ho costruito niente. Sono rimasto sospeso, cristallizzato in un presente fatto di giorni tutti uguali.

Invece, eccovi qui. Vorrei chiedervi come sia successo che vi siate trovati, e uniti nella spinta di venirmi a cercare. Vi ho visti, ieri, quando ve ne stavate nascosti convinti di essere invisibili: ma per uno che di quella piazzetta conosce ogni centimetro, e perfino un piccione è un diversivo, è stato come se vi foste presentati con la banda e i costumi luccicanti.

È strano, no? Un po' strano. Ma in fondo no, era anche facile da immaginare. Le persone dipendono dal passato, non smettono di farci i conti, di cercarlo. E il vostro passato sono io.

Te l'ho detto, ragazza. Io non sapevo che tuo padre sarebbe stato lì. Mi avevano chiesto di sistemare le cose col magistrato, nemmeno me l'avevano detto il perché, e devo dire che neppure mi interessava. Si erano limitati a mostrarmi che cosa sarebbe stato di me, e di Flavia, e di lui, se non l'avessi fatto. Una cosa semplice. Un ricatto, di quelli normali, facile da progettare e facile da realizzare.

Non m'interessava, per me allora il magistrato era un soldato dell'esercito nemico. Se sei in guerra, mica ti poni il problema che il nemico è un povero cristo come te, no? Spari per primo, se ci riesci. Altrimenti crepi tu. Quindi no, non avevo scrupoli all'epoca. E non ne ho avuti, per molto tempo.

Invece per tuo padre sì, di scrupoli ne ho avuti. Mi sembrava una fregatura, una dimostrazione di strafottenza da parte di chi mi aveva imposto di farlo. Non ci credo che non lo sapessero, perché poi, soltanto dopo, ho studiato.

Il giudice non guidava, si poteva spostare solo con lui. In un posto raggiungibile a piedi o coi mezzi pubblici, con ogni probabilità sarebbe venuto da solo; ma sarebbe stato pericoloso, difficile da organizzare. Quindi hanno sacrificato volutamente tuo padre, ragazza.

Certo, sì, sono stato io. Ma ho la stessa responsabilità che avrebbe questa pistola se adesso vi sparassi in fronte, come avrei di certo fatto se non foste voi, se foste qualcuno degli altri, di quelli che mi commissionarono l'attentato. La colpa è della mano, non della pistola. Lei è obbligata a funzionare.

Anch'io ero obbligato a funzionare. Perché si sono presentati da me con tutte le prove di ciò che avevo fatto, e se mi avessero servito alla polizia su un piatto d'argento sarebbe stato l'inferno, non tanto per me che l'avevo pure messo in conto, ma per Flavia. E per te.

Ti vorrei chiedere di tua madre. Di come sta. Lo so che non ti ha detto niente, così avevamo concordato la notte prima che io me ne andassi. La conosco, è forte, assai più di me: se ha detto che sarebbe stata in silenzio, lo ha fatto. E se siete qui, ne sono sicuro, non è per qualcosa che vi ha detto lei.

Io aggiusto gli orologi. Lo so fare meglio di chiunque, ma nessuno lo sa. Perché vivo come un topo, nascosto in un buco nel muro. Portano gli orologi rotti da ogni parte, anche dall'estero, soprattutto dall'estero, li lasciano al padrone del caffè e poi tornano a prenderli. Magari mi avete trovato così, seguendo le tracce di un orologio rotto che è tornato a funzionare, chi lo sa.

Oppure avete seguito le tracce di allora, di quello che è successo in anni tanto lontani. A guardarvi capisco che ne è passato di tempo, ma agli occhi del mio ricordo non sembra, è tutto recente, come se questi decenni di giorni sempre uguali non ci fossero mai stati.

Sapete, c'è un momento, quando hai riparato un orologio, che a me piace tantissimo, ma che a pensarci è terribile. Dopo aver verificato che il meccanismo funziona di nuovo, dopo essermi accertato che ogni pezzo è stato rimesso a posto, faccio una cosa banale e necessaria: porto lancette e datario, quando c'è, al giorno e all'ora precisa.

Lo riporto al presente. Gli dico: sai, orologio, tutto il tempo che sei rimasto fermo, inchiodato a un'ora che poteva essere quella della tua morte, del tuo definitivo fermarti, il mondo ha girato, è andato avanti. Tu eri immobile, chiuso in un cassetto, o passavi di mano in mano nella speranza di essere riparato, ma nessuno ci riusciva: e la gente intanto nasceva e moriva, c'erano guerre e armistizi, il sole sorgeva e tramontava, e tu non lo sapevi.

Be', adesso lo sai. Come se ti risvegliassi dal coma, così dico all'orologio che funziona di nuovo. E tu puoi girare assieme al mondo, misurarne daccapo il tempo, il tuo battito in sintonia col suo, *tic tac,* secondi e minuti e ore e giorni.

E mentre lo dicevo, mi rendevo conto che io stesso non ero che un vecchio orologio rotto. Fermo a un'ora che non esisteva più: il sogno di una rivoluzione folle che il mondo stesso non voleva, l'emancipazione di classi sociali che non chiedevano affatto di essere emancipate ma solo di sopravvivere, sperando che i figli facessero una fine migliore.

E non era ciò che avevo fatto io, in fondo? Avrei dovuto forse strozzare a mani nude l'uomo venuto a farmi quella proposta, e aspettare che succedesse quanto doveva succedere, perché in fondo Flavia e io lo sapevamo che saremmo finiti così, quando abbiamo cominciato la nostra guerra per difendere un territorio che non voleva essere difeso.

Un vecchio orologio rotto, ecco cosa sono. Un meccanismo stanco che non ha più voglia di essere riparato.

Posso offrirti me stesso, ragazza. Posso offrirti lo strumento di quello che è successo, e sappi che se mi avessero catturato non sarebbe cambiato niente, per me. Perché, proprio come faccio adesso, avrei vissuto in una cella, riflettendo sul male commesso, ogni mattina e ogni notte, cercando di non addormentarmi perché gli incubi del sonno sono il mio personale inferno. Quindi non cambia niente, sia se mi porti in galera sia se usi tu questa pistola e ti vendichi.

Anzi, te ne ringrazierei, perché io non ne ho il coraggio. E non c'è stato giorno che non abbia pensato ai mille modi in cui avrei potuto farlo, magari proprio qui, in questo posto dove vengo per assicurarmi che la solitudine assomigli un po' al vento che ho dentro.

Non tradirò i vecchi compagni. Non tradirò i sogni che dividevo con la mia Flavia e con gli altri.

Non dicevo molte parole tenere, a tua madre. Mi sarei sentito ridicolo, con questa voce che si inceppa, con questi occhi inespressivi, con queste mani enormi che sanno aggiustare ma non sanno accarezzare.

Gliele dico una volta all'anno con un carillon, forse li hai visti per casa, non lo so. Li mando a un fermo posta; in un'epoca di consegne elettroniche è un metodo così vecchio e obsoleto, ma forse siamo così, tua madre e io. Però ci siamo voluti bene, lo devi sapere.

E se non ci fossi stato tu non avrei accettato di fare ciò che ho fatto. Ma tu, anche se non lo sai, sei in carne e ossa il nostro modo di amarci.

Adesso, come vi dicevo, sono stanco. Voi siete le due facce del mio passato, e siete venuti a prendermi.

Io non lo so cosa volete fare di me, e neanche mi interessa. Mi sta bene tutto, e il contrario di tutto.

Però, venendo qui, avete rimesso in moto il mio meccanismo e avete regolato ora e giorno. È giusto così.

Io non sparerò. Non più.

Se volete, fatelo voi.

XLV

Fossero stati altrove, sarebbe andata in maniera diversa.

Se si fossero trovati in un appartamento, a porta chiusa ma con la consapevolezza della presenza dei vicini e della gente in strada, forse avrebbero usato parole differenti. E se fossero stati in un locale pubblico, seduti a un tavolino in mezzo a persone prese dai fatti propri, forse si sarebbero espressi in un altro modo.

Di certo sarebbero emersi risentimento, costrizione, rabbia. I giorni, le notti, gli anni trascorsi sarebbero tornati a galla con prepotenza.

Ma erano lì, in un posto isolato e sconosciuto che avrebbe potuto essere su un altro pianeta, seduti nella sabbia, il vento a scompigliare capelli e pensieri, e l'oceano a mormorare la sua eterna, incomprensibile canzone. Da quella prospettiva il passato sembrava quasi risolto, ristretto in una dimensione microscopica. L'orologiaio li aveva condotti in un luogo dove la misura del tempo perdeva il proprio senso.

Un vecchio a capo chino, le gambe incrociate, una pistola in grembo e la chioma candida ondeggiante come una fiamma fredda: questo vedevano Vera e Andrea, domandandosi cosa avessero inseguito fino ad allora con tanta pena.

Fu Vera a parlare.

"Io ti cerco da tutta la vita. Per vedere la faccia di chi ha ucciso mio padre, per capire il perché della sua morte.

Adesso sei qui, davanti a me, e mi rendo conto di non aver trovato né l'una né l'altro. Hai ragione, sei un'arma, uno strumento. Mi convinci perché lo ammetti, senza ricorrere a giustificazioni diverse dalla sopravvivenza tua e della tua famiglia. Mi convinci perché ho avuto la conferma che tuo figlio non sapeva nulla, perché tu nel frattempo non hai vissuto, e soprattutto perché non vuoi preservare niente, non lotti per andartene via ora. Avresti potuto ucciderci e lasciarci qui a marcire, e la tua vita non sarebbe cambiata di una virgola. Ma non l'hai fatto."

Tacque, e il vento e l'oceano non cessarono di rincorrersi con il loro irrequieto fragore. Vera riprese.

"Io, però, non mi posso fermare. Non potrò farlo finché non avrò avuto le mie risposte. E se davvero, come dici, provi dolore per ciò che hai fatto, se davvero gli anni trascorsi ti sono serviti a comprendere, allora hai soltanto un dovere: aiutarmi. Aiutami a scoprire perché, e come, e dove sia stata decisa la morte di Giovanni Contini e quindi di mio padre. Non puoi sottrarti."

Ci fu di nuovo silenzio. Poi intervenne Andrea.

"Io non ti conosco. E non solo perché non ho mai saputo niente di te, ma perché non c'eri. Non c'eri ai compleanni, non c'eri le volte che da ragazzo soffrivo perché gli altri mi prendevano in giro, e nemmeno alle vittorie sportive. Non c'eri alla maturità e non c'eri alla laurea, non c'eri al mio matrimonio e non c'eri alla nascita di mia figlia. Non c'eri quando mi sono separato, né quando sono rimasto solo. Non c'eri, tu. Ma c'era lei. C'era mia madre, e l'ho sempre data per scontata, non ho mai dato peso alla sua presenza, perché c'è sempre stata. Non c'eri tu, e c'era lei."

Prese fiato, ricacciò indietro le lacrime.

"Adesso io ti devo portare da Flavia. Devi tornare indietro con me, devi venire dove sta adesso, persa in un mondo dove non distingue la realtà dai ricordi, e devi riportarle il sorriso che le hai tolto. Questo ti chiedo: di farti guardare con tutto l'amore che ha serbato in petto, senza lasciarlo mai uscire."

Il silenzio restò di nuovo padrone. Poi il vecchio sollevò il capo. Gli occhi grigi erano immobili, le labbra scosse da un tremito.

"A-avete ragione, devo t-t-ornare. Non ho nulla da riparare, p-perché nes-s-suno più di me sa che il tempo p-passato non torna mai, anche s-se sembra che le lancette f-f-facciano sempre lo stesso giro. Ma qu-quello che mi chiedete è g-giusto. E io lo f-f-farò."

Si alzarono, e raggiunsero l'auto. Ciò che si doveva dire era stato detto, e tutti e tre si sentivano svuotati. Ma c'era un programma da definire, e a esso ci si poteva aggrappare, rinviando a dopo lacrime e dolore, rabbia e rancore, rimpianto e rimorsi.

Il vecchio chiese di tornare al Pierrot, per prendere le proprie cose. Lo accompagnarono, certi che non avrebbe tentato un'altra fuga.

Trovarono parcheggio poco distante dal locale, e fu strano fare quel pezzo di strada in tre, quasi fossero uniti da una realtà diversa da ciò che li univa davvero. La donna sentì che con loro camminava anche suo padre, percorrendo tutta la vita che gli era stata sottratta. Lo sentì forte, e mai le era successo prima. Andrea le prese la mano, e gliela strinse.

Vera avvertì una scossa, e comprese che non sarebbe mai più stata sola.

"Ci sei, vero, Andrea? Tu stai con me?"

Era una domanda importante. Forse la più importante. Posta così, lungo una strada in terra straniera, lo sguardo fisso sulle larghe spalle curve di un vecchio sconosciuto, dal quale dipendeva molto del loro passato e del loro futuro.

"Io sto con te... Io sto con te."

Entrarono nel Café Pierrot. E compresero subito che qualcosa non andava.

Udirono chiudere la porta, e girare una chiave. Dietro il bancone, il proprietario del caffè aveva un colorito terreo. Una ragazza alla cassa piangeva, una mano a coprirle la bocca.

Seguirono lo sguardo del gestore e videro una donna in piedi, le gambe divaricate, le braccia protese a tenere puntata una pistola. Accanto a lei un uomo, anche lui armato, nella stessa posizione.

Andrea si girò. L'uomo che aveva chiuso la porta vi si era collocato davanti, a impedire la vista dall'esterno. Aveva pure esposto il cartello con la scritta *Fermé*.

Dall'interno giunsero dei passi, e dal buio emerse una figura.

Vera era incredula.

"Tu? E che ci fai, qui?"

Marcello era uscito del tutto dall'oscurità, con una buffa aria di scuse.

"Ciao, Vera. Sì, sono io. Ma in un certo senso no, non sono io."

Andrea ricordava vagamente di averlo visto nella redazione del quotidiano, il giorno in cui aveva raggiunto Vera.

"Ma non è il tuo collega? Che significa?"

"Buongiorno, professore. Prima di tutto voglio dirvi che non avete niente da temere: noi siamo i buoni. Mi scuso per il modo poco urbano di ricevervi. Ma, date le circostanze, abbiamo pensato che fosse il caso di prevenire colpi di testa. Il signor Malavasi, immagino. Alla fine ci incontriamo."

Il vecchio non mosse un muscolo. Marcello riprese.

"Credo sia il caso di presentarmi: capitano Rivalta. Non è il mio vero nome, s'intende, ma va bene se mi chiamate così. Ah, va bene anche Marcello, se preferite. Capitano Rivalta, dei servizi segreti italiani. Sezione antiterrorismo, anche se abbiamo cambiato varie volte denominazione."

Vera tratteneva a malapena la collera.

"Maledetto bugiardo… Eri mio amico. Ti volevo bene."

"Anch'io, tesoro. Facevo il mio lavoro, ma mi sono affezionato sul serio a te, molto. E ho seguito con attenzione e fiducia la tua ricerca, che era anche la mia. Perché noi, caro Malavasi, non abbiamo mai smesso di pensare a lei. Mai."

"S-sono onorato. E p-perché, di grazia?"

"Perché lei è una miniera, Malavasi. Un'autentica miniera di informazioni. L'ultima rimasta, anzi. Ci risulta che abbia avuto rapporti coi vertici di alcune organizzazioni; una in particolare mirava a inserire figure di potere nei gangli dello stato. E una serie di altre cose, che può conoscere solo lei. Per questo abbiamo sorvegliato per anni la sua compagna e suo figlio. Devo dire che è stato abile a far perdere le tracce e a non tenere contatti con loro. Io, però, avevo intuito che l'ossessione di Vera avrebbe condotto a buoni risultati. Perciò l'ho affiancata, al punto di riceverne le confidenze. Non che sia stato facile. Ma una parola qua, una là, un sorriso e tanta amicizia fanno miracoli, no? Nessuno sa stare da solo, alla fine."

Vera schiumava rabbia.

"Bugiardo, vigliacco, maledetto bugiardo! Ma noi non abbiamo fatto niente, non ci puoi arrestare. Ti possiamo mandare affanculo per direttissima, e lo faremo senz'altro."

"Ah, ma qui nessuno vuole arrestarvi, tesoro. Lungi da noi. In effetti potremmo farlo con Malavasi, sulla cui testa pendono diversi capi d'accusa non soggetti a prescrizione, ma non in territorio straniero, purtroppo. Ti dico cosa faremo invece adesso: metteremo via le armi, chiederemo scusa a questa brava gente per l'irruzione e ce ne andremo tutti buoni buoni in aeroporto. Abbiamo già biglietti e carte d'imbarco. E io ho la facoltà di promettere al signor Malavasi che non ci sarà nessun arresto, e a voi due che non avrete fastidi. In pratica, vi accompagneremo a casa."

Vera continuava a fissarlo con odio.

"E perché dovremmo crederti, bastardo finto e bugiardo? Dopo che mi hai mentito per anni."

"Semplice, tesoro. Perché non avete alternative. Fidati, è come ti ho detto. E devi anche capire che ti ho mentito perché è stato necessario. Te l'ho detto, noi siamo i buoni."

Fu Carlo a pronunciare le parole conclusive.

"Ha r-ragione. Non si può fare a-altrimenti. Tanto l'importante è t-tornare. N-non cambia niente di quello c-che ci siamo detti."

Andrea, che non aveva lasciato la mano di Vera, la strinse piano e annuì.

XLVI

Andarono in aeroporto con un piccolo convoglio di tre automobili, a testimoniare l'importanza che i servizi attribuivano al ritrovamento di Carlo.

Nella prima, di fianco all'autista, sedeva Marcello, che comandava l'operazione. Dietro, al centro, Malavasi; ai lati, due agenti armati. Nella seconda c'erano Vera e Andrea, da soli, con una donna alla guida. Era chiaro che a loro veniva concessa relativa libertà. Non erano un obiettivo.

In coda, altri agenti sorvegliavano che nessuno li seguisse. Ogni particolare era stato definito con cura, nulla era stato lasciato al caso.

Il terminal era affollato, la struttura era la più importante della regione e i voli erano sempre pieni. Si misero in fila per i controlli, guardati a vista, con Carlo osservato speciale. Aveva riempito una sacca con pochi indumenti, sotto gli occhi di Marcello e di due sottoposti.

Entrarono nella sala d'aspetto. Erano in buon anticipo sull'orario del volo, e due agenti andarono a prendere caffè e panini. Loro tre non vollero né da bere né da mangiare. La tensione si tagliava con il coltello, anche se dall'esterno sembravano un gruppo eterogeneo di turisti di ritorno da dove erano venuti.

L'attesa era scandita da avvisi in francese e in inglese, diramati dagli altoparlanti. Marcello provò a rivolgere la parola a Vera, che ostentò indifferenza verso quel vigliacco traditore.

“Mi dispiace che tu la prenda così. Credimi, al di là del lavoro, io mi sento sul serio tuo amico. Spero di avere occasione di dimostrartelo.”

Andrea le stava vicino. Le sussurrò di stare tranquilla, che nulla cambiava. E in ogni caso avrebbe fatto in modo che Carlo fornisse le informazioni che volevano.

“E poi, noi due stiamo insieme. Ricordi? Non ci può succedere nulla.”

Lo guardò. La ciocca bianca nei capelli le conferiva maggiore dolcezza. Lui pensò che tutti i chilometri che aveva percorso, le salite e le discese, il freddo e il caldo che aveva sopportato in fondo erano serviti per arrivare proprio lì, nell’aeroporto di quella città lontana, per ricevere il sorriso stupendo della donna con cui aveva fatto l’amore e che avrebbe riempito la sua esistenza vuota.

Vera corrugò la fronte e tirò fuori il telefonino dalla tasca. Diede un’occhiata al display, poi si guardò attorno.

“Devo andare in bagno.”

Un’agente scattò per accompagnarla, ma lei la fulminò.

“Prova a seguirmi al cesso, bella, e mi metto a urlare come una pazza. Te lo giuro.”

L’agente guardò Marcello, disorientata. L’uomo gettò un’occhiata a Vera, poi guardò Carlo seduto tra lui e un altro uomo che teneva la mano nella tasca, e annuì scrollando le spalle. Poteva andare dove voleva, Vera. L’importante era che Malavasi non sparisse mai dalla vista.

La giornalista sostenne lo sguardo e si allontanò verso i bagni.

Girato l’angolo, estrasse di nuovo il cellulare e rilesse il contenuto del messaggio. Accelerò il passo e si avvicinò a una porta dotata di dispositivo d’allarme, dietro un pilastro.

Ad attenderla nei pressi, un uomo con un berretto di lana e un paio di lenti scure.

La prese per il braccio e l'accompagnò verso la porta.
"Presto, piccola mia. Dobbiamo andare."
Vera oppose resistenza.
"Ma andare dove? Perché sei qui? Come hai fatto a..."
"Ascoltami bene, tesoro. Non c'è tempo. Dobbiamo scappare, quella è gente diversa da chi dice di essere. Senza di te Malavasi non parlerà, e sarà meglio. Altrimenti sarete tutti e tre morti prima di arrivare a casa."
"Ma hanno detto che..."
"Lo so quello che ti hanno detto, ed è falso. Ti spiegherò bene, ma adesso dobbiamo correre. La porta sarà riattivata fra due minuti, ed è l'unica via per uscire vivi dall'aeroporto."
Vera si guardò alle spalle. Pensava ad Andrea, alla promessa che si erano fatti di non lasciarsi, alle risposte che non aveva avuto.
L'uomo comprese l'esitazione, e si fece suadente.
"Sono stato come un padre per te, l'hai dimenticato? Sono stato io ad aiutarti ad arrivare fin qui, senza di me non avresti mai rintracciato quell'uomo. Come puoi credere che possa farti del male?"
Vera ebbe una voglia immensa di piangere.
E varcò la porta con Bruno Terenzi, altrimenti noto come Salvatore.

Marcello fece segno all'agente di andare nel bagno delle donne a controllare che fine avesse fatto Vera.
L'altra tornò dopo due minuti, terrea, e fece di no con la testa.
Allora scattarono altri, per perlustrare l'area degli imbarchi insieme all'agente tornata dal bagno. Andrea e Carlo rimasero con Marcello e due uomini armati.
Il professore aveva fatto per alzarsi nell'istante in cui la donna aveva lasciato intendere che Vera era sparita, ma la guardia al suo fianco lo aveva costretto a sedere di nuovo,

strattonandolo per la giacca. Pallido, Andrea non smetteva di guardarsi intorno, alla ricerca della compagna.

Carlo, invece, se ne stava muto. Rifletteva sulla strana sensazione avuta all'arrivo in aeroporto, di aver scorto una fisionomia conosciuta. Poi mise in relazione quel sentore con la sparizione di Vera. Ed ebbe un tuffo al cuore.

Tornarono gli agenti, l'aria di chi aveva fatto un buco nell'acqua. Avevano perlustrato centimetro per centimetro l'intera area, e Vera non c'era.

L'altoparlante annunciò l'imbarco del loro volo.

Marcello ebbe un moto d'ira.

"Peggio per lei, maledizione. Non ci serve, quello che cercavamo è qua con noi. Andiamo."

Si alzarono tutti, mentre Carlo restò seduto. La guardia accanto a lui lo tirò per un braccio, ma fu come tentare di smuovere un blocco di cemento.

Poi, con voce sorprendentemente priva di esitazioni, Malavasi tuonò: "Mi chiamo Serge Baldetti, come risulta dai miei documenti. Sono un cittadino francese. Non voglio partire dal mio paese, queste persone mi stanno sequestrando. Se non si allontanano, chiamerò i gendarmi!".

Gli agenti si guardarono, sorpresi.

Marcello sibilò: "Non farlo, Malavasi. Non lo fare. Tanto ti troverei ovunque e ti strapperei gli occhi, poi ti costringerei a parlare e una volta finito ti strapperei anche la lingua, cazzo".

Carlo lo fissò, e disse a voce ancora più tonante: "Mi chiamo Serge Baldetti, come risulta dai miei documenti. Sono un cittadino francese. Non voglio partire dal mio paese, queste persone mi stanno sequestrando. Se non si allontanano, chiamerò i gendarmi!".

In tanti, intorno, presero a interessarsi alla vicenda. Un passeggero disse, in francese: "Serve aiuto, signore?".

Una donna commentò: "Che vergogna, prendersela con un anziano!".

Marcello fissava furibondo Malavasi, che aveva assunto un atteggiamento da perseguitato. Un agente provò a tirar via il superiore.

"Capitano, andiamo. Non possiamo permetterci un incidente con la polizia francese. In cinque minuti saremmo su tutti i siti."

Marcello scrollò il braccio, puntò l'indice su Carlo.

"Vedrai, vecchio. Vedrai."

E si spostò verso l'imbarco, a schiena dritta, per recuperare un po' di dignità. Gli agenti lo seguirono, a testa bassa.

I passeggeri accorsi in aiuto di Carlo lo circondarono, solleciti.

"Tutto bene, signore? Chi erano quelli?"

"G-grazie, amici miei. A-adesso non c'è più problema." Poi si girò verso Andrea, che aveva assistito stupefatto alla scena: "Vieni. A-andiamo via. Di corsa".

Andrea non si mosse.

"E Vera? Se andiamo via e lei poi torna, non ci trova. Dobbiamo aspettarla, così, appena si accorge che..."

Carlo lo sollevò di peso. Aveva una forza incredibile.

"N-non hai capito niente. Non m-mi sorprende, ci sono troppe cose che non s-sai. In questo m-momento Vera è già a m-molti chilometri da qui. Dobbiamo capire d-dove l'hanno portata."

"Ma chi... Chi l'avrebbe presa? E per fare che? Vera non ha informazioni da fornire, non sa niente!"

"È vero. L-lei no. M-ma io sì."

E si avviò verso l'uscita, trascinando Andrea nella seconda parte della sua vita.

Finito di stampare nel mese di ottobre 2025
presso Grafica Veneta S.p.A. di Trebaseleghe - PD

MISTO
Carta | A sostegno della gestione forestale responsabile
FSC® C021883
FSC
www.fsc.org

GRAFICA VENETA
GV CARBON NEUTRAL

Questo libro è stampato da Grafica Veneta S.p.A.
con un processo di stampa e rilegatura certificato 100% carbon neutral
in accordo con PAS 2060 BSI